零度出走

费勇 著

湖南文艺出版社

图书在版编目（CIP）数据

零度出走 / 费勇著. -- 长沙 : 湖南文艺出版社, 2024.3

ISBN 978-7-5726-1675-4

Ⅰ. ①零… Ⅱ. ①费… Ⅲ. ①游记—作品集—中国—当代 Ⅳ. ①I267.4

中国国家版本馆CIP数据核字(2024)第043024号

零度出走

LINGDU CHUZOU

作　　者	费　勇
出 版 人	陈新文
责任编辑	袁甲平
封面设计	今亮后声 · 张张玉
正文设计	嘉泽文化
插　　画	李　卓

出版发行	湖南文艺出版社
地　　址	长沙市雨花区东二环一段508号　邮编：410014
网　　址	http://www.hnwy.net
经　　销	新华书店

印　　刷	湖南省众鑫印务有限公司
版　　次	2024年3月第1版
印　　次	2024年3月第1次印刷
开　　本	880mm × 1230mm　1/32
印　　张	8
字　　数	182千字
书　　号	ISBN 978-7-5726-1675-4
定　　价	58.00元

真正的旅行者纯为出发而出发

——波德莱尔

序

上路

为什么要上路呢？亿万年前，我们洞穴里的那些祖先，是哪一个最初离开了他（她）的族群，独自走向遥远的未知的远方？是因为觅食时迷失了方向？还是因为受到了族人的排挤？或者，只是为着一种神秘的好奇心？那时候，其实并没有路。那个上路的人在浓密的丛林里摸索。他会遇到各种各样的野兽与植物，一个他从未见到过的世界随着他艰难的跋涉渐渐展开，他时而会恐惧，时而会惊喜。无法想象他第一次见到陌生事物时的表情是怎样的，尤其是无法想象他与另一个人或另一群人相遇时的情景是怎样的。我不知道如何让时间回溯到地球上人与人第一次在路上相遇的那一时刻。从那一时刻以后，有多少人开始在路上来来往往，或者为了寻找，或者为了逃避，或者是出去，或者是回来，或者是为着一个明确的目的，或者是为着一个朦胧的希望。

在乡村的雪夜，夜行人的足音清冷地飘到那些入梦者的枕边。然后，在雪后初晴的早晨，你解开系在柳树上的缆绳，一艘小船带你上路。那时候很小，喜欢坐在城市的街边，看着人来人往，车去车来。很久以后，在9点10分，你进入车站，离开这个城市，上路。每天有多少人开始第一次远行？有多少人在路上？我们把门一关，一脚跨出去，家就在后面了，固定的、可靠的就留在了后面，前面呢，是可能性、道路、相遇、离别，诸如此类，是一个流动的世界，一层一层地徐徐展开。前面的一切，全部从上路的那一时刻开始，已经注定或可以改变，回归或永远漂泊，即将发生或不会发生，所有的悬念都在你的脚步声里，在星空下回荡。

我的出发从某一个字的音节开始。然后，在一种旋律里，我让自己的想象与感觉，在风中变得有形，可以触摸。好像是托德·阿扬1990年一幅画的题目：游客是丑陋的存在。与游客有关的一切都在摧毁着最深刻与最自然的韵味，把一切美好的词语例如风景，例如行走，例如山水，等等，收编为一种时尚的调味剂，一种生活方式的符号，一种情调的标志，一种消费的层级。有一本宣传楼盘的册子，极力宣扬中产阶级的情调，选出了一串中产阶级最热衷的关键词，第一个就是行走。还有最具情调的旅游，是午后懒洋洋地出现在阳朔。此类调调充斥各种时尚杂志。旅游现在成为一种捷径，循此捷径，可以晋升为有品位的中产阶级。在如此堕落的氛围中，居然有那么多人宣称自己热爱自然、热爱旅游，看起来是如此荒谬。

当然，最荒谬的还是电视里以“出行”为主题的真人秀。在镜头前如此认真地演出冒险、旅行、邂逅等等，像是真的一样。然而，不过是演出。关键不在于有人愿意去演出，而是有人愿意观看。在演与看的过程中，关于旅行的本义已经完全被篡改，它现在成了编导们的噱头，成了观众消磨时间的影像。

我对于旅游，对于时下的出行，从来没有发生过兴趣。在我看来，在路上，是生命中一种宿命的状态，因而，走是一种随时随地的动作，包含着生命底层的渴望、挣扎、喜悦、痛苦……我愿意用出走这个词来代替轻佻的旅游，与出走相关的词——出发、到达、方向、歧异、激情、原点等等，这是一些还没有被污染的词，保持着鲜活的力量和色彩，它们不会引导我们到此一游地到处一游，然后用情调包裹一些浮光掠影，它们所指向的，只是日常生活，只是日常生活所隐藏着的曲折和沉浮。

所以，这不是一本游记。这里的文字与旅游没有任何关系。与什么有关，以及这是一本什么类型的书呢？这正是我自己要询问的。

目录

001 行者的姿与影

前方是不可知的未来，而留在后面的只不过是一个又一个的驿站。既没有目标的召唤，也没有故乡的牵引。他们只是在浪游,从一个空间到另一个空间,不为什么地,为浪游而浪游。

029 车站的结构与韵味

车站是活动着的——几乎是永远地活动着的——并置诗学。当你站在出口处的人潮里往旁边一看，发现不远处就是售票处、候车大厅，无数的人正在买票，正在进入。出发与到达如此紧密地同时显现。车站在出口处终止时，它已经成就了一种结构，一种将生活中出发与到达这一对本原性元素高度融合的结构。

055 旅馆，或另一种夜色

你所预料到的，以及你所没有预料的，在我们亲历其间或置身其外的旅馆，像推理小说一样，随着一个又一个陌生男女的脚步，悬疑渐渐展开。一切的进与出都在旅馆的夜色里错落有致，而阳光稍稍苏醒，就戛然转换成另一种节奏。

077 山水：在别处

作为媒介的山与作为媒介的水有着深层的共同点：借视角的转换把人引向深邃与广阔，或者说，把人从日常的有限性中解放出来趋于终极的无限性。也就是说，它们自然地具有一种返回原初的功能。

105 乐园：游的乌托邦

它是虚假的，因为它是建造出来的，它随时可以消失；它是真实的，因为你真的能够身处其间，而且像在日常生活里那样行动，却又完全不受日常中的各种界限束缚，你在乐园里，在一个封闭的空间，在它的内部，你可以飞翔，没有边界。

131 遗迹：在从前

遗迹的魅力正在于它向我们敞开无数细节。宏大的历史或传奇，在如此细微生动的线索中，再次复活了它们本来的质感。你在落日里孤独凝视，或在讲解员的抑扬顿挫里顾目四盼，飞翔着的是那些故事与意象，但是，谁能说出那些故事与意象呢？

155 歧异的道路

道路不论以何种形式显现，都是一种痕迹，一种体现着意志和欲望的痕迹，也是力量和技艺的痕迹。道路的沧桑，恰恰是存在的沧桑。道路即我们的生活方式，或者说，是我们与世界、与他人连接的方式。

177 在路上相遇

最好不要说，至少不要说下去。让故事只是个开始。就悬在开始的那个瞬间。在路上的很多地方，我们遇到了，仅仅遇到而已。无非是擦肩而过，无非是眉来眼去，无非是一夜风流，无非是没完没了……结果千篇一律，但细节却千差万别。

201 游弋的城市

这是在城市，你看过去，对面走来的，身后走过的，擦肩而过的，都是陌生人，不知道他们是谁，他们也不知道你是谁。何况你是一个路人，即使居于这座城市，在你居住的街道上，你见到的仍是陌生的脸孔。一切都是不确定的，连你自己，都常常忘了自己是什么人。在什么都标示得清清楚楚的街道上，我们竟然常常失去了方向。

225 田园的怀想

如果是在路上，有一辆开往春天的地铁，我愿意它开往油菜地。有什么地方比油菜地更春天呢？蜜蜂，花的香味，鲜艳的黄色、绿色，还有附近的红色，这就是春天了。

243 跋 路上

行者的姿与影

行者

流浪者

许多被认为或自以为是“流浪者”的人，其实并不是真正的流浪者。例如，那位写了“为什么流浪”“为了梦中的橄榄树”之类魅惑性句子的三毛，与流浪没有任何关系。她把旅行当作了流浪。（那位漫画中的三毛倒是可以以流浪者称之）一位真正的流浪者，没有家乡，如果他（她）选择自杀，只会死在路边的树上，或者路上的河畔。最为重要的是，真正的流浪者没有身份，就像《诗经》中说的：悠悠苍天，此何人哉？这个在天地之间行走的人是谁呢？没有人会知道，甚至连他自己都不知道。《新华字典》解释“流浪”一词：漂泊无定。也许说出了流浪者内在与外在最鲜明的特征。如果你真的想做一个流浪者，那么，首先你必须放弃你的固定居所和固定身份。换一种说法，流浪者所有的色彩都来源于他们的不确定性，他们今天在这里，明天就可能到了那里；他们今天做这个，明天就可能去做别的什么。他们总是在路上。前方是不可知的未来，而留在后面的只不过是一个又一个的驿站。既没有目标的召唤，也没有故乡的牵引。他们只是在浪游，从一个空间到另一个空间，不为什么地，为浪游而浪游。

流浪者有时会在某地停留，这时，他们就成了我们通常所说的陌生人，成为某一个固定社区的边缘。在我从前生活过的乡村，在村东面的桑树地里，有一间小小的茅屋，那里面住着一个中年的剃头匠。谁都不知道他从哪里来。他在某一天经过这里时，发现了这么一块美丽的桑树地，还有这么一间不知是谁留下的茅草屋，刚好，那个时节，他感到累了，他想停下来。又刚好，这个村需要一个剃头匠。于是，他就在此地住了下来。人们开始时还会对他的过去好奇，但渐渐地，只知道头发长了就去东边。然后，可能是过了两年或三年，某一天的午后，当有人穿过一片开满了白色花朵的梨树林去东边的茅屋想要剃头时，发现那个据他自己说姓张的男子已经不知去向了。然后，渐渐地，他从人们的记忆中彻底消失。谁也不知道他最终去了哪里。又是很久以后，村上的某个人从很远的外地回来，告诉大家一个惊人的消息，他在什么什么地方什么什么场合见到了那个剃头的老张。全村人又想起在他们的生活中还曾经有过这么一个人，在接下来的几天或几个星期，他们会谈论这个老张从前的种种，猜测他现在的境遇，诸如此类。

而在另一个村庄，我听到的版本是这样的：外来的流浪的老张与本村的一个姑娘恋爱了，然后他就永远地成了这个村的人。千篇一律地，那些女孩的爱情一次一次地把一个一个的流浪者收编为本地的居民。我们在电影中甚至见过美丽的贵族女孩爱上一个流浪汉。这种在现实生活中几千年都遇不上一次的故事，在电影中的结局也只能是一个悲剧。事实上，与流浪者的爱情大抵以悲剧收场。这是典型的绝望的爱情。爱得越深，绝望也就越深。一个要继续向前，一个难舍家园。关于流浪的爱情，我记忆中最悲哀的小说是川端康成的《伊豆的舞女》，在山间旅行的男孩子，被流浪的戏班子里的一个女孩深深地吸引。但是，除了分离，似乎没有别的可能。

说到戏班子，我想起那些终年流浪的族群，例如吉卜赛人、马戏团等等。流浪不一定是独来独往，还可以以群体的面貌出现。从前有一个戏班子，经过我们村时停了下来，搭起了戏台子。他们中有几个男孩子与女孩子，不到一天就和我们混熟了。但是，几天后就要相互道别。现在还清晰地记得，我们在黄昏里目送他们向着村的西面渐渐消失，他们中的两个孩子在很远处还回头向我们张望。那时候我们还在童年，不懂得离别的悲哀，只是有一点迷茫的惆怅而已，不明白何以他们必须要走，而我们只能留在此地。

大都会里到处充斥着成群结队的流浪者，从市区的人行天桥、火车站，到城乡交界处的许多角落，都遍布流浪的身影。与城市的繁华并行地存在着一个流浪者的国度。但奇怪的是，大多数城市人对此视而不见。你每天要从豪华的写字楼进进出出，你必经的立交桥上总是坐着两三个衣衫褴褛的人，你有没有注视过他们 10 秒钟以上？有没有想过他们到底是职业乞丐，还是真正无家可归的流浪者？有没有想过他们到底从何而来？这是城市有趣的景观：那些边缘性的、外来的、底层的个体或族群，可以栖居在城市来来往往的喧哗中心，但只是像静默的不存在似的透明存在，几乎引不起人们任何的注意。这与乡村的情况形成鲜明的对比，任何一个外来的人都会在乡村引起骚动。城市是各种相异因素的大杂烩，人们在纷乱的音与色中已经变得麻木不仁（另一种说法：城市是民主的、宽容的）。

流浪者常常让我们惊觉生存中悲惨的一面。读一读狄更斯、雨果等人的小说，可以看到工业革命时代在伦敦、巴黎这样的大都会流浪儿的凄楚生活。大多数流浪者都是被家庭抛弃了的孩子，或者是离家出走的孩子、残疾人、精神病人、失业者，诸如此类。如果我们追寻街边流浪者的渊源，也许，关于流浪的浪漫想象就会彻底破碎。其实，只要想一想在寒冷的深夜缩在冰冷的水泥地上，谁还会羡慕流浪者呢？

但是，流浪依然是极具蛊惑性的。我们在网上或时尚杂志上，常常看到“随风流浪的女孩”“今年夏天我们一起去流浪”之类的句子。荷兰的一家旅游公司推出了“像伦敦的流浪汉那样生活”的旅游项目，不少人报名参加。在日常中常常听到这样的感叹：真想去流浪。有人真的走了，走到很远的地方，走了很多年；然而，一旦心中的创伤已经被岁月与异乡的风抚平，他（她）最终仍然会回到自己的原乡。许多人的流浪其实只不过是一种短暂的逃避，或者不过是从尘网中暂时的抽身而出。我把这些基于想象与逃遁的漂泊看作是模拟的流浪，或者更确切地说，是“漫游”。

人们面对流浪者既有居高临下的同情，又有罗曼蒂克的向往与羡慕。这反映出人类内心永恒的矛盾：一方面人们总是在寻求安定的家，但安定必然意味着束缚；于是，另一方面人们又想着要飞，要流浪，要自由自在，而无牵无挂的代价是不安与寂寞，于是，又要回家。就这样周而复始。我们从自己家的窗外望着远方，憧憬着漫游的愉快与激情；我们在黄昏的路上凝望着回家的路标，渴盼着家的温暖与安宁。

我自己看着那些永远无家可归的流浪者，在同情或羡慕之外，更多地感受到的，是人类恒在的一种精神状态与生存状态。流浪者仿佛一尊时间的雕像，如同那些与我们同在的原始部落，是时间的残余物。从流浪者的姿态里，你是否读出了游牧时代的纹路，以及人类从开始到今天从来没有消失过的内在激情？尤其繁华都市里的流浪者，似乎是烙在“现代”“时尚”“进步”这类语汇深处的洪荒记忆。

当流浪者在微明的晨曦里睁开惺忪的眼睛去看这个世界时，全世界从他的眼睛里看到的是人类的宿命。

游客（或：观光客）

游客上路前的第一步往往是：翻阅旅游广告。广告真正要告诉你的只是，你必须花多少钱才能去什么地方。因而，一个个地名就像一件件可买卖的商品。而事实上，它们确实就是旅行社要推销的商品。当你选定某个地方，你就到旅行社去付钱。然后，你会成为一个旅行团中的一分子，在某一天的某一个时候随着一位叫作导游的人去你们要去的地方。在整个路上，导游主导了一切，他（她）带着你们从一个景点到另一个景点。那种样子很像顾客们在购物中心的商品间漫游。当然，你不能像在购物中心那样，用钱将你所需要的商品换走。你所面对的每个景点是你不能带走的，你只能观看，在导游千篇一律的讲解中观看，与其他许许多多的也已经付了钱的人一起观看。因为你付了钱，在路上，导游也是“属于”你“使用”的，一切旅行中的杂事，导游都替你去办理，你只要跟着走就可以了。你在感觉上很像有一个跟班或随从侍候在自己左右。这一点非常重要，在一个旅行团中，每个人的职业、阶层之类的社会标志几乎完全消退，每个人都仿佛是一样的、彻底平等的，都是主人。很显然，在旅行团里，每个人都是顾客——上帝，而导游以及所有风景区的服务人员都是为游客服务的。在游客与旅行社、导游、风景区之间构成了消费与生产或顾客与服务员的关系。旅行社及风景区是一个庞大的生产体系，不断地为游客提供各种在路上消磨时间的服务。这里最耐人寻味的是，风景这种最自然的东西在资本的运作下，悄悄地被转变为一种商品，而所有人对此几乎都坦然接受甚至毫无觉察。这一最不自然的事件（现象）在今天已经是最自然不过的事。

因此，对于许多人来说，参加一个旅游团去旅行，也许与去购物中心购物没有什么区别，都是一种消费行为。明白了这一点，我们就能明白游客上路的真正目的是什么。为了风景吗？为了猎奇吗？如果是为了风景与猎奇，那么，独自上路肯定比旅行团收获更多。游客的目的基本上只是为了消费，为了在消费中印证自己的身份与地位，确切地说，是确认自我的价值。也正因为此，它是可以像礼物那样被赠送的。人们可以请他们的父母去旅游以表达孝心，也可以请心仪的对象去旅游以表达爱情，当然，也可以请贪官去旅游进行贿赂。游客无非两种——自己付钱的与别人付钱的，但无论哪一种，他们都是真正的消费者。我们只有从消费的角度才能读懂游客这样一种符码。

风景对于游客而言，往往是非常次要的东西。他们所看到的都是精心包装过的景点，而非风景。景点关注的只是你口袋里的钱。再愚笨的人都不会笨到以为跟着旅行团能够看到什么风景。真正的风景在风景区以外，在所谓的旅游景点以外，无处不在，但需要你自己用身与心去发现。

游客在路上看到的是什么呢？是眼光，是羡慕的眼光。这种被别人羡慕的满足感对于游客来说，比风景更为重要。根据波德里亚的说法，旅游中的时间对社会性个体来说，是生产身份地位的时刻，“没有人需要休闲，但是大家都被要求证明他们不受生产性劳动的束缚”。因而，休闲并非对时间的自由支配，那只是它的一个标签。确实，一个游客在路上，只不过是要告诉人们：第一，在别人工作的时候，他有闲暇；第二，除了闲暇之外，他还有金钱。当游客在黄昏时分坐着豪华大巴穿过市区，看着窗外一辆接着一辆的公共汽车里挤着满满的下班者，那一时刻，他是幸福的。而在公共汽车里，许多双的眼睛看着旅游车，他们在心里盘算着什么时候能攒够钱，像车里的人那样去旅游。一个有趣的悖论是，人们对于旅游的期待，很大程度上是出于对自由的渴望，但这种对自由的渴望却往往使人更加不自由。确切地，它成了人们生活中的压力。有一位香港的作家写了这样一个故事：一个中年的白领由于收入降低无法去旅游却又不想让邻居知道，于是对邻居说去了埃及度假，而实际上带着一家大小躲在地下室里，最终意外地发现号称去了欧洲的邻居一家也躲在地下神游欧洲。这则卡夫卡《变形记》式的荒诞故事，其实说出了旅游这类貌似轻松的休闲活动在消费社会中如何变成了一种束缚，一种压力。

当一个人从上班的囚笼中逃脱，终于成为一个游客，他是否真的获得了自由呢？他在旅行团中遇到的确实是陌生人，他们要去的也是陌生的地方。但是，我们一定要清楚，当我们参加一个旅行团时，我们已经留下了自己的身份记录。我们只不过从一个集体进入了另一个集体。无形之中仍然有一种社会结构在操控着我们。在旅行团里，人们并不能恣意妄为。而且，参加旅游团的很少是单独的个人，大多是家人、朋友三三两两地一起同行。因而，在同一个旅行团内，仍是相互隔膜的小团体，他们之间保持着必要的礼貌，但更多的是距离与戒心。游客在路上会发生什么呢？或者，如果你是一个游客，你会期待什么发生呢？一次浪漫的邂逅吗？浪漫的邂逅多半不会发生在一个旅游团之内。到目前为止我只有一次随着旅行团去旅行的经历，在临行前，我想：如果出现一点意外，这次旅行将变得十分完美。在我看来，只有意外，才能为游客式的旅行带来一点乐趣与意义。

冒险家

小时候，我们城里的公园下面有防空洞，常常听大人们说，曾经一对青年男女进去后迷了路，结果在里面饿死了。我们很多次望着洞口想象里面到底是一个什么世界。但是，没有人敢进去。终于有一天，不知道因为什么，我们突然来了勇气，一个挨着一个地慢慢进了洞。在里面转了一大圈，从另一个洞口钻了出来。这是很多人在童年或少年时代具有的经验——对一个未知的地方充满好奇，带着害怕与渴望的心情战战兢兢地向着它走去。越是害怕，渴望似乎就越强烈。而这跨出去的步伐，正是冒险最原初的形态。凡是冒险，所要到达的地方一定是不可知的，因为不可知，所以必然有危险。人们常说：冒险的代价。确实，冒险是要付出代价的。正如西美尔所说，冒险导致的要么是彻底的收获，要么是彻底的毁灭。

因而，探险常常被认为是最典型的冒险行为。而早期的探险，大约也是因为好奇才开始的。在大海的那一边，是一个什么世界呢？在山的那一边又是个什么世界

呢？一个人上路了，然后是很多人上路了。有些人永远没有回来，而有一些人回来了，带来了远方的信息。在18世纪以前，上路寻找别一世界的人们似乎并不多。常常是有一个人走了很远的地方，是很多年后才有后继者。那时候，东方与西方是多么遥远，几乎是遥不可及的两个世界，人们相互的了解是靠极少极少的探险者带回来的零星消息，以及大量的传说。因而，张骞、马可·波罗这样的人物，特别值得我们肃然起敬，在那样一个封闭落后的时代，他们走出了各自的界域，一步一步地去发现新的世界。人类的相互联系、相互理解，正是从他们的脚步声中展开的。如果没有那样的人物告别亲人、朋友，在晨曦里起程，走向一个谁也不知道是怎样的前方，那么，就不可能有今天所谓的地球村。

文艺复兴以来的许多探险确实与资本的扩张、人性的贪婪息息相关。那关于黄金的传说吸引了不少探险家怀着对于财富的强烈梦想，克服了难以想象的艰难险阻去寻找新的陆地。但是，在我看来，黄金的吸引只是其中的一个因素。探险本身所具有的乐趣也许比黄金更为重要。否则，我们很难理解一个又一个的探险家死在去北极的路上，而北极似乎总是能够发出神秘的召唤之声，诱惑着一个又一个的探险家继续上路。那里面一定有着人类非常内在的渴望——了解未知的激情。就像哥伦布在最后一次航行前所说的："我此次航行并非为了获得荣誉和财产，这是千真万确的，因为我对荣誉和财产的希望早就破灭了。"哥伦布在前面几次的航行都可以用九死一生来形容,但为什么不放弃,还要继续去寻找呢?如果没有一种内在的激情，是很难做到的。探险的乐趣大概在于发现，一路上都是新鲜的事物，都是你从来没有见过的事物，那种喜悦是难以形容的。尼采描绘的哥伦布形象也许是所有不同意义上的探险家共同具有的：他永远凝视着一片蓝色——/ 远方已摄走了他的魂！

在今天，似乎已经再也不可能有探险家了，如果有的话，那就是宇航员，只有宇航员去的地方是完全不可知的，但星际探险对大部分人来说，仍是无法实现的事。地球上的任何地方都已经有了人类的足迹。我们去任何地方以前,都可以从各种渠道获知有关那个地方的资讯。我们去那个地方，多半不是为了去发现，而是为了去印证一种已知的经验。有一种叫作"生存大挑战"之类的电视节目，并非真正的探险，而是一种预置的表演性的"探险"。这类节目的盛行，一方面意味着在地球上探险的时代已经终结了，探险现在只不过是一种游戏；另一方面意味着人类对于未知世界的冲动从来没有消退，当在现实中找不到未知世界时，他们会转而从观看中得到满足。

探险不再，但冒险以其他的各种形式遍布于我们的生活之中。“冒险家的乐园”这一短语中的“冒险家”，遍布今天我们每个人的身边。40 年前，有多少人丢掉已经得到的一切，离开自己的家，到深圳，然后到海南，为了一个未知的前途？抑或只是厌倦了已有的生活？80 年代初，人们决定去深圳，要下多大的决心，现在的人很难理解。那时候谁能想到深圳是现在这个样子？在火车站、汽车站，每天有无数的人，从自己的家乡，涌入城市，把自己交给谁也无法预测的命运。在边界，有多少人冒着生命危险，要漂洋过海或翻山越岭，去另外的国度，过另外的生活。一些人死在了海上，一些人死在了陆地上。但为什么，总是有一批又一批的人，踏上同样的路途？……

无论何种形式，冒险的本质并没有改变，那就是，期待意料之外的事情发生。冒险源于试图摆脱既有生活秩序的冲动。当生活成为惯例，成为程序，一切都可以预料得到。在每天同样的工作中，我们的生命会渐渐磨蚀，我们的感知会渐渐麻木。我们中的一些人就会宁愿放弃优渥的生活，走上未知的路，为的是让年复一年的日常生活中断，把自己从一种连续性中解放出来。为此，哪怕从此潦倒，甚或因此死掉，似乎也是值得的。高更是一位真正的冒险家，放弃了家庭与地位，跑到塔希提岛，去过一种几近原始人的生活。爱德华也是一位真正的冒险家，为了一位妇人而放弃了王位。为生命找到一种新的感觉，对那些冒险的人而言，比什么都重要。重复庸常的生活，生如同死，而轰轰烈烈、彻底地一搏，即使一败涂地，也算是活过一回。冒险赋予了生命最充满紧张与活力的时刻。也许，在冒险中我们才能领会刹那即永恒的说法。或者，套用福柯的语汇，冒险给予我们高峰体验。确实，只有在冒险中，才能得到高峰体验，就如同在投资中，风险越大，回报也就越高；又如在情欲界域，像一句俗不可耐的“妻不如妾，妾不如偷”所说的那样，风险越大，快感也就越大。于是，就有了“牡丹花下死，做鬼也风流”的豪言壮语。

漫游者

大多数人都期待着意料之外的事发生，期待着意外的惊喜，但是，大多数人都不愿意付出代价，因而，不可能成为冒险家。那些不愿意冒险而又无法压抑自己越轨冲动的人，最后都选择了漫游这样一种形式。漫游满足了人们的越轨冲动，但又不会毁坏人们既定的生活秩序，所以，它是安全的。它以一种危险的外表安全地满足了人们危险的激情。越来越多的人已经或正在染上“漫游癖”（wanderlust），漫游成了当代生活中的一种时尚，一种减压的方法，一种精神上的鸦片。一到周末，或什么假期，我们中的许多人就会匆匆上路，或一个人，或三两朋友，或情侣同行。我有许多已婚的朋友，每工作一段时间就要外出一段时间，然后再回家，再工作。再回来时，他（她）们仍是称职的丈夫（妻子）、父亲（母亲），但中毒似的，每过一段时间，他（她）们必须去另外的空间栖居。另有一些朋友干脆连婚也不结，独自一个人，没有钱时工作，有钱时就上路。他们似乎都有一定的品位，有一定的资产，有一点点情调，都有年轻的身体，因此，都会鄙夷随着旅游团去旅行，他们会自己上路，去挤火车或汽车——不是没有钱乘飞机，为的是体验生活。

与冒险家一样，他们也是不安分的人；与冒险家不一样的是，他们缺乏勇气，甚至缺乏真诚。他们不愿意停留在某个固定的点上，需要新奇的刺激，需要不断地从一个空间漫游到另外的空间。在不同的空间转来转去，在流动的风景里获得平静与安宁。但是，时候一到他们都会乖乖地回到原来的那个固定的点上。那些漫游者之所以要漫游，也许是为了逃避责任。他们不愿意有所承担。那些漫游者就像张爱玲《封锁》中所描绘的乌壳虫："一只乌壳虫从房这头爬到房那头，爬了一半，灯一开，它只得伏在地板的正中，一动也不动。在装死么？在思想着么？整天爬来爬去，很少有思想的时间罢？然而思想毕竟是痛苦的。……他又开了灯，乌壳虫不见了，爬回窠里去了。"他们出来了，然后又回去了。

西美尔把冒险家与赌徒相比较，认为他们都把自己交给了偶然性，都或多或少地孤注一掷、一意孤行而不管前面是什么。我们也许可以把漫游者与泡吧者、影迷、游戏迷、爱喝酒者相比较，他们都暂时从日常中抽身而去，在一个特定的时空，借迷幻的影像、酒精释放自己的压抑与想象。一旦清醒过来，就好像什么也没有发生，只是一个片刻的梦。例如，一个严肃的、正经的成功男人会在夜幕中走进酒吧或夜总会，渐渐地，他会放纵自己，他会在身边那个女孩子的青春火焰里迷失、出走，甚或会像张爱玲《封锁》中的宗桢突然萌发"我要重新结婚"的念头，在那种暗淡的红红绿绿的灯光里，他真的好像要开始一场恋爱。但一走出门口，夜半的凉风一吹，他就又回到现实中，他还是要回去与妻子温存，哪怕是假心假意，也和真的一样。这些痴迷于漫游、酒吧、电影、游戏、酒精的人，不满现实，而又无法超越现实，逃避现实，而又离不开现实，一次一次地沉醉于另外的时空，然后又一次一次地回来。他们满足于暂时的过瘾，但从来不会想彻底地解决。

一个漫游者漫游一圈之后回来，实际上像完成了一次完美的梦游。神游象外，却并没有完全忘掉回来的路。漫游具有一种忘却的功能。忘却什么呢？矛盾、倾轧、琐碎、是非、单调、名利……对漫游者而言，空间的移置具有治疗的作用，像麻醉剂，至少能够暂时止住伤痛。在漫游中，人生的各种烦恼好像远远地离开了我们，当重新回来，那种烦恼似乎因为搁置而变得不再那么烦恼。所以，作为漫游者，我们并非真正热爱风景的人。风景只不过是转移我们注意力的一种媒介。当我们漫游，我们不在乎什么风景，我们只在乎自己是否在流动，是否在逃遁，那些我们所不愿意面对的是否正在离我们而去。我们会非常享受坐在汽车上看窗外无边的旷野，也会非常享受与路边那些朴素的农人交谈，诸如此类。身外有着广大的人与事、天与地，他们向我们敞开，我们向他们敞开，各自没有保留、戒心。因为我们是在漫游之中，一切的利害关系都不再存在。在这个意义上，我们在漫游中确乎是获得了自由，哪怕是虚假的自由。

在互联网时代，人们不出家门就可以出外漫游。一个典型的场景：夫妻两人各守着一部电脑或手机，各自漫游在不同的虚拟世界。他们挨得很近，却各自走得很远。丈夫可能专心于与一个陌生人聊时事、股票，而妻子可能正和一个陌生人纠缠着一场情感游戏。然后，他们累了，关掉了电源，放下手机，一起睡到一张床上，又陈腔滥调式地为“同床异梦”这个词作了一个注脚。技术为人们带来无数的福音，这福音中的福音，在我看来，就是使我们可以随时随地出逃，从日常中出逃，又随时随地回来，好像一切都没有发生过。到底是我们在蝴蝶的梦中，还是蝴蝶在我们的梦中，现在变成了这样的问题：到底是在虚拟世界里更真实呢，还是在我们的现实世界里更真实？真与假的界限何在？抑或既没有真，也没有假？用波得里亚的话说，既非真的也非假的。

一次彻底的漫游其实就像一次止于偷情的恋爱或一次似醉非醉的醉酒，尽显人生不彻底的底蕴。然而，古往今来，神州内外，又有多少彻底的人生？

信徒

一个信徒为什么要上路呢？无非三个原因：一是为了寻求真理，二是为了传播真理，三是为了朝圣。先让我们来思考一下“信徒”这个词。应当是在30年前吧，我一个人坐火车去一个不知名的小城。是慢车，旅途像一本冗长的教科书。我的旁边一直有人在下有人在上，面影浮动。我在浮动中睡眼蒙眬，在蒙眬中做着好梦。有一个年轻的女子突然在身边坐了下来，然后，从包里掏出一本书。我斜了一眼，看到这样一个书名：“如何成为一个信徒”。这是第一次，“信徒”这个词敲击我的神经。并不是说那时我才第一次知道这个词，我要说的是，以前我无数次与这个词相遇，却都漫不经心地滑过去了，等于没有遇见。然而，就在那个时刻，这个我见过无数次的词突然真正地与我相遇，成为我心灵的一部分。我们一生中遇见无数的语词，但是，只有很少的时刻、很少的语词触及我们的灵魂。一旦这样的时刻与这样的语词降临，我们就获得一次新生。回到“信徒”这个词，在那次旅途上，这个词的敲击带给我解放的感

觉。此前一直想要成为学者或成为成功者之类，为什么从来没有想过成为一个信徒呢？然而，怎样才是一个信徒呢？或者，成为一个信徒意味着什么呢？

一个信徒意味着一种献身，献身于真理。但什么是真理？对于一个佛教徒而言，佛法就是真理；对于一个道教徒而言，道就是真理；对于一个基督徒而言，上帝就是真理；对于一个共产主义者而言，马克思主义就是真理。当我们选择做一个信徒，我们就是选择了灵的生活，也就是选择了舍弃尘世的那一点欢乐。信徒常常要上路，因为他要聆听真理，或者要把自己领悟到的真理流播于四方。即使在印刷媒体与电子媒体十分发达的今天，信徒仍然要上路，去寻找导师，亲自聆听导师的引导。我们可以独自参研文字或图像，但是，思想需要交流与启迪。因而，我们仍然见到各种形式的信徒团体，定期或不定期地聚集在一起，聆听或分享各自新近领悟的喜悦。在信徒之间或信徒与导师之间，那种相聚的形式几乎一直保持着人类最原初的交往方式。在此，我们可以看到，一些东西日新月异，一些东西却从不改变。在信仰的界域，在场感或临即感从孔子、柏拉图的时代到今天似乎都是不可缺少的，或者说，是不可替代的，是书本、音像所无法替代的，就像文字、图像的作用是别的任何媒介所无法替代的一样。

所有的信仰都需要一个偶像，以及一些传教者和一大批的追随者。偶像与传教者总是在路上，他们都把自己彻底交给了自己所信仰的那种价值。释迦牟尼、孔子、耶稣等都是终日在路上的人，都是处处无家处处家的人。为了传播一种信仰，一个信徒可以克服难以想象的困难远涉重洋；为了获得一种信仰的真谛，一个信徒可以义无反顾地踏上“取经”的道路。虔诚的传教者，就某种意义而言，比冒险家还要冒险家，是最彻底的冒险家。他们为了一个坚定的信念，完全忘却了自己的身家性命。但是，传教者从来不会认为自己是在冒险，他们永远不会有成败得失的盘算，他们认准了一个方向，认准了在他们看来最合乎本性的生活方式，就再也不怀疑。当他们上路，从来不会觉得是在走向不可知的前方。传教者在路上的乐趣不在于好奇以及意外的惊喜，而在于洞察一切后的坚定，在于获得真理或传播真理之后的充实；真正地舍弃了自己，把自己融入一种广大与深邃之中。因而，也就不会有什么畏惧了，也就无所谓平安与危险了。而追随者，在我看来，有点像漫游者。他们终究无法割舍俗世的那点热闹，但又明白地知道那热闹最终大概是什么，因而，在随波逐流里会有所不安、有所勘破。

他们常常上路，去庙宇或圣地或传道的场所。在那些洋溢着特殊气息的空间，他们的心灵会获致短暂的休息。

一个信徒隔一段时间就要去朝圣，就像一个冒险家隔一段时间就要去寻找危险的刺激，或者就像赌徒不时地要去赌场一样。我们在西藏的路上，可以见到那些倾尽家财一路叩首去朝圣的信徒，他们在阳光下的姿势让路人惊觉世间有比生命、钱财更宝贵的东西。

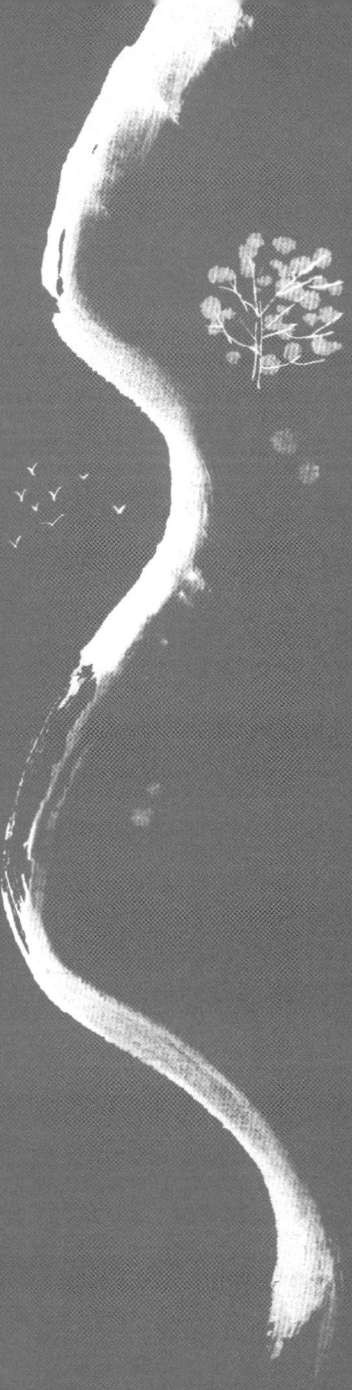

车站的结构与韵味

车站

月台

1825年在英国出现第一条铁路。51年后的1876年，中国有了吴淞铁路。火车的历史并不悠久，然而，火车站好像早已成为怀旧之地。在70年代的一些欧美电影里，火车站的画面往往与祖父联系在一起。柏林将一座废墟般的火车站变成一个火车站博物馆。城市每天都在变化，而火车站似乎是变化最少的地方。建造一个火车站并不是一件容易的事。因而，火车站这个最流动的所在，恰恰雕像般地在时间之外固执地为一个城市留存记忆。在我上大学的年代，许多城市例如上海、杭州、大连、长春的火车站都给人年代久远的感觉。那些车站的建筑风格无声地暗示着一个渺茫的从前。我现在还清晰地记得第一次在杭州站候车时，那里古旧的墙壁以及空气里浮动的陈旧气息。而长春的火车站处处带着伪满时代的斑斑点点，我第一次从它的出站口走出来的那一刹那，突然有异域之感。像天津、上海、沈阳的火车站，每次进站与出站，似乎都能从纷乱的来来往往的脚步声中，听到那尘封了的沧桑岁月在时光的流转里落寞地浅唱低吟。那些已经暗淡的柱子、地板，见证了多少事件、多少面影呢？每天都轮回着开始或结束，但又似乎永远没有结束，只有开始。第三世界的老旧火车站基本上是殖民主义留下的遗产，奇怪的是第三世界的人民也与殖民者的后代一起，怀想起从前的时光来。吉隆坡火车站建于马来西亚独立前的1910年，1986年重新装修成本来的样子，还在车站里建起了一座遗产酒店（Heritage Hotel），把殖民时代的装饰与气氛活生生地置于当下。当一个马来西亚人或一个像我这样的中国人，在其中游弋，怀的是什么旧呢？在中国，这些“遗产”从20世纪90年代开始渐渐消失，但中国人对老上海的怀旧热情同样显示出殖民主义之后的吊诡。

中国大多数城市的火车站现在已经旧貌变新颜。我们走进走出，少了许多回忆，多了许多现在与未来。去年经过杭州火车站，原来那个车站荡然无存，变成一座标准的现代化建筑，剔除了所有暧昧的细节，在初夏的艳阳里如此明亮。我在出口处见到的却是故人。火车站仍是伤感之地。再现代的设施也无法掩盖离别中包含的无可奈何。火车站最伤感、最精华的所在当然是站台。中国人常常把站台说成月台，这个“月”字尽显站台的神韵。从汉朝直到清，中国人总是把离愁别绪寄寓在月

色之中，到大清行将灭亡的时候，已有了在月台上看着火车来来去去的那一分悲哀。贝托里奇《末代皇帝》里有一个离别镜头：几个身着清朝服装的人在月台上吹奏《友谊地久天长》，庄士敦乘着火车缓缓离去。那已经不仅仅是悲哀，而是苍凉了。我在毕业时见过一次最盛大的离别场面。几乎是成千上万的毕业生挤满了所有的车厢和站台，无数的手与头伸出车窗外，与站台上送别的同学互道珍重。当车轮启动，许多送行的人还挥着手跟着车子一边跑一边喊。我们年轻时候的每个转折关头仿佛都随着火车离开月台的那一刹那渐渐展开。哪里的月台上没有积淀着青春的激情和梦想呢?

火车进站或离站有一个缓慢的过程，车轮滑动，渐渐地减速或加速。站台上穿蓝色制服的工作人员肃立送行或迎接。在乱哄哄的车站，这种肃立的姿势给混乱的人生突然增添了几分安静和庄严。每次坐火车，最喜欢的就是这样的时刻。坐汽车与飞机，都不可能有这样的时刻。我们在飞机场的安检门口告别，那送别的人看着我们，好像是一转身钻进了豪华超市。那复杂而紧凑的上机下机程序，以及机场过于亮丽的色彩，冲淡了离别与相聚的气氛。而汽车站的出发与到达，场面过于简单，过于粗糙。但在月台，火车蜿蜒厚重，水泥地有点暗淡，空气有点浑浊，一些人在上车，另一些人在下车。这些背景将杂乱生活中凝重的一面隐隐显露。火车的到达和出发，都是慢镜头式的，仿佛刻意要让人去品味生命中黯然销魂的那一刻。当火车出发时，送行的人看着它越来越远，好像它要去很远很远的地方，再也不回来了一样；当火车到达时，迎接的人看着它越来越近，好像它是从很远很远的地方历尽了千难万险而来的一样。

候车室

出发前的等待。那么多的人聚集在一起，为的是离开此地，要去的是不同的地方。在机械交通工具尚未诞生的年代，人们在徒步旅行之前并没有这样的等待。那时候，人们说走就走，他们自己能够支配自己的行程。因而，不会有什么候车室之类的建筑物专门用于出发前的等待。对于古人而言，只有等待日出日落，等待雨后天晴，诸如此类，但出发是无须等待的。古人从自己的家门口出发，从客栈的门口出发，从城门口出发，从村口出发。这些出发之处都是自然的场景，无非一堵墙，或一棵柳树，或别的什么。在那里，人们没有什么东西可以等待，是纯粹的起点，它的功能只是一个地理上的标志，提示人们已经开始上路。至于路上将会遇到什么，以及他将在哪里停留休息，都是不确定的，许多意外的因素构成了古典的旅途。当人们需要借助轮船、火车、汽车、飞机等工具从一地到另一地时，就产生了一种新的等待。这些工具刚刚出现的时候，人们需要花很多时间才能等到一艘远洋的轮船，一辆路过的火车或汽车。旅行仍然包含着许多不可计算的元素，常常无法计划。然而，随着交通业成为一种庞大的商业体系，人们能够在固定的空间里等着，等着一种能够把他们带到目的地的工具，这种工具在预定的时间会准时到达。旅行变得越来越程式化，一切都是可以预计的。人们根据时刻表来行动。

人们在动身前早已买好了票，然后，一切的行程根据票上指定的时间与地点展开。所有的候车 / 机 / 船室只不过整个程序中的转接站。候机室比候车室看上去更高贵，候车室似乎比候船室更先进一些，但它们的结构其实是一样的，都是一环紧扣一环的迷宫结构，任何一个第一次进入的人都会感到晕眩、惶恐。大厅、整齐排列着的一排又一排的椅子、显示车次或航班或船次的屏幕、告知班次的播音员的声音、销售旅游用品或土特产的商店、嘈杂的向着不同方向的人群，这就是我们所熟悉的候车 / 机 / 船室里的场景。凭着票，你才能进去，找到你所要搭乘的班次所划定的序列，坐下，然后等候显示屏或广播的指示。时间一到，你就从指定的检票口进站。非常明显，候车室的功能是让旅客在上车前有短暂的停留，但这种停留并非像我们一般认为的那样，仅仅为了给人休息。重要的是检查，在进候车室与出候车室的时候，你必须接受检查。因而，候车室在某种意义上只不过是运输商确认旅客是否已经付钱并进行集中归类的场域，是分流过程中的必要协调。当我们开始进入候车室，我们就已经在某种程度上成为物，一件被搬运的物品。候车室不过一个物流站。我们几乎没有任何的自由选择，一旦进入就必须按指示行事。除了等待还是等待。我们一坐下来就知道我们肯定要离开。一切都在按计划进行。但也会有意外打乱秩序。最常见的是晚点。因为晚点，我们必须在此地继续停留下去。然而，归根结底，晚点并不能改变秩序。因为我们最终仍要离开。对现世里的我们而言，有些人或事可能终身等不到，但是我们肯定能够等到我们要等的车或飞机、船。

然而，人们总是希望有一些意外发生。那个男人在候车室里真的遇到了意外，遇到了一个女人。然后，他们相爱了。另一个男人在候机室里遇到一个女人，搭讪，试探，然后，巧合，同一航班，下机，去女人的住所，做爱。前一个男人来自苏联的电影《两个人的车站》，后一个男人来自我很久前看过的一篇小说，何立伟写的，小说名我忘了。陌生的男男女女相互审视的目光，永远是候车 / 机 / 船室里沉默的激流。陌生人来与去，在你的身边。那个高挑的女子拉着旅行箱来到我的座位边，微笑，请我帮她照看一下旅行箱，然后，转身，去了洗手间，我在座位上等着，而且思想着，她款款地出来，微笑，拉起旅行箱，谢谢，转身去了 6 号登机口，检票。然后，我透过洁净的落地窗，看着她乘坐的飞机昂头向天空冲去。而我，继续等待，等待我的航班，把我带到预定的地方。就是这样的，在等候的地方，几乎所有的故事在没有开始的时候就已经结束了。大家只是擦肩而过。

出口处

从候车大厅的门口进入一个封闭的建筑空间，在那个空间里，我们等待并接受检查，最终抵达月台。然后上车，进入一个彻底封闭的机械空间，把自己彻底交给工具。当到达目的地时，我们又从月台上走向出口处。出口处意味着车站这个系统的终结。一旦跨出出口处那一道门，这一次旅行就完成了。你不再受制于运输系统。同一趟车上的旅客在此告别，向着不同的方向流去。在候车大厅门口，人们向着同一个方向聚集。如此，正好是一个循环。在出口处，我们手中的票最后一次被检查，然后失去功效。出口处的地上总是布满了无数的票，那上面印着各种各样的地名，记忆着一个又一个相同的又似乎相异的出发与到达。风一吹，它们到处飞舞。或者，到凌晨，环卫工人把它们清扫得一干二净。

如果我们用站台票送朋友上车，看着火车消失后，又随着另一群刚下车的旅客涌向出口处，我们就能在很短的时间内，理解车站这个系统所有的秘密。车站这个语词之所以常常莫名其妙地牵动我们的心灵，成为许许多多文艺作品的灵感源泉或背景性意象，在于它把人生中的出发与到达并置地呈现。车站是活动着的——几乎是永远地活动着的——并置诗学。当你站在出口处的人潮里往旁边一看，发现不远处就是售票处、候车大厅，无数的人正在买票，正在进入。出发与到达如此紧密地同时显现。车站在出口处终止时，它已经成就了一种结构，一种将生活中出发与到达这一对本原性元素高度融合的结构。因为这种结构，延伸出一系列与“出发”“到达”有关的命题，例如：离别与相遇，喜悦与悲哀，等等。出发与到达的界限在车站，在最清晰的界限处，似乎完全消退，或者说，变得模糊。

我们能够看见的是那些模糊的面影。如果在检票口随着人流进站，我们见到的是无数的向着列车匆匆走去的身影，那么，我们从出口通道随着人流出站，跨出出口处大门时，见到的是几乎要压过来的一张一张模糊的面影。模糊之中那一颗颗闪亮的充满期待的眼珠分外醒目。一些等待是重逢的喜悦，一些等待暗藏着欲望的阴谋。对于一些人来说，在此意味着到达；对于另一些人，在此意味着一个迷茫的开始。形形色色的心事湮没在嘈杂里。当我们跨出那个门，旅行的结束与日常生活的开始同时发生。从候车室进去时，我们面对的是一个隔绝的逼仄的空间。而当我们从出口出来，迎面所见往往是一个较开阔的广场，似乎隐喻着自由与解放。一般人出来的那一刻都会特别地感受到阳光的刺激。而又有多少个满怀希望的人从远方抵达这里时被欺骗被抢劫。这些故事比小说还要小说。城市车站的出口处往往是充满梦想的异乡人终结梦想之处。他们在出口处就立即领略了城市的邪恶与诡异。所以，有人愿意一辈子在车上，永远不想从出口处出去。但是，无论如何，每天仍有无数的人怀着同样的梦想从这里跨进城市。

广场

许多年来，我一直幻想着编一个剧本，一个关于车站广场的剧本。在我看来，城市中的每个场景每天都在上演独幕剧或多幕剧，但以车站广场上的剧目情节最为紧凑，包含的意蕴也最为深厚。通俗/严肃、得意/悲惨、希望/幻灭、和平/暴力、单纯/险恶，诸如此类对立性的元素不露痕迹地一起呈现，以至于我们稍稍面对就感到晕眩。在纷乱的身影与声音里，当我们凝神关注，清澈的底色会渐渐浮现。恰恰在车站，一个混乱与肮脏的所在，一个许多人掩鼻而过的所在，我感到了艺术的需要和源泉。车站的广播里有歌声，电视里有舞蹈、有亮丽的综艺节目，广场上滞留着许多旅客，他们由于各种原因得不到一张回家的票，或者到达以后找不到一个去处。广场的所有有利位置都被他们占据了。还有一些与旅途无关的人，他们中可能有罪犯，有乞丐，有为旅店拉客的人，也可能有流莺，有无家可归的人，有不为什么而闲荡的人，这是一些不断地瓦解现有秩序的人。当然，也就会有维持秩序的人，永远有警察在车站的广场上巡游。在车站的广场上，破坏者 / 执法者、破灭者 / 梦想者常常相安无事地一起站着、坐着、走着。当你凝视这样一幅场景，你也许就会觉得，广播里的歌和电视里的载歌载舞以及四周的广告牌在此时此地多么不合时宜。它们和此时此地的生活没有关系。它们的存在正好展示了我们社会中的冷漠，以及对灰暗的色调、活生生的痛苦、存在中的复杂关联视而不见，或者不愿意去沉思。然而，它们又是如此地合时宜，在此时此地，这些在广场上奇妙地一起等待的人需要麻醉与安慰。广告牌里那些幸福的男人和女人，电视广播里那些甜腻的脸和声音，与广场上疲倦、憔悴、阴险、机警、焦急、茫然的面影，构成了一幅画面，一幅最典型的车站广场的画面。

于是，我感到了艺术的需要与源泉。我所想象的完美艺术的开始之处，正是在最不艺术的地方，例如火车站、汽车站。完美的艺术总是源于最不完美的形色。在这些最不完美的形色里，激发起艺术最基本的永远不会改变的质素，例如同情、理解等等。于是，我在幻想着编撰一个剧本，一个关于车站的剧本。我企图从这个不停流动着的喧哗所在挖掘出某些沉淀着的东西，驱使我自己进入安静、思考、悲悯、爱。我感到一种必须，必须将那些表情融入我自己的体内。让我先来设想一下人物。一个警察，一个年轻的警察，然后是一个从四川或湖南来的女孩子，一个票贩子，一个人贩子，一个身份不明的中年男子，一个逃亡的刑事犯，一个或两个流浪儿，一个卖盒饭的中年妇女，一个戴眼镜的记者，一个闲逛的人，两个正在等待机会的诈骗者，许多个民工。如何让这些人物纠缠在一起？首先我得选择一个时间。就黄昏吧。黄昏，若明若暗，是故事容易发生的时间。然后，我必须制造一些事件，把这些人物串联起来。当然，这不用我操心。打开手机，社会新闻上有的是广场上各种各样的事件。关于黄牛党，关于骗子，关于一个流落他乡的女子的传奇，或者一个寻梦者的传奇，等等，几乎天天在发生。我的困难只是如何把它们有效地剪辑，最引人注目地予以凸现。因而，对我来说，最重要的也许是策略和语调。我打算让所有的情节在靠近候车大厅的地方展开。候车大厅与售票厅只是作为一个背景，你可以看到一些人出来，一些人进去。而它们的内部，只是一个悬念，一个你可以想象的空间。选择怎样的一个开始以及怎样的结局？如何以平淡的手法来处置那无处不在的暴力与情色呢？

关于车站广场的剧本可以不断地编撰下去。但实际上，车站广场作为一个舞台，本身一直处于演出状态。不需要演员，也不需要想象、技巧，它本身已经拥有最好的演员，最好的想象和技巧。一切都是自然发生的。无论我们看与不看，它都在演出。我们中的大多数人对这个舞台并没有兴趣。你在车站广场看到的总是这样的情景：从出口处出来的人群匆匆奔向的士站或公共汽车站，而从的士或公共汽车上下来的人匆匆走向候车大厅。脚步声混乱而紧迫，仿佛只想赶紧离开。在平时，也不会有人来这里闲逛。每个城市的车站广场都是这个城市的异物。在本地居民的言说里它是危险之物，是在他们生活之外的，远离他们的另一个世界。人们甚至不愿意停留几分钟，看看那些被迫或有意栖居在广场上的是一些什么样的人。如果存在边缘的话，车站广场是城市里最典型的边缘之一。然而，只有边缘才泄露了城市神话的秘密：繁华与悲惨始终形影不离。因而，当我梦想着创作一个剧本，一个关于我们这个时代的剧本，我能够想到的最好的发生地就是车站广场。

地铁车站

人从中这些幽灵似的面庞，
潮湿的黑色树枝上的花瓣。
——埃兹拉·庞德《在地铁车站》，辜正坤译

这大概是关于地铁车站的最著名的一首诗。另外有一部电影，忘了剧情，却记住了片名:《最后一班地铁》。名字暗示着故事可能有点忧伤。还有许多好莱坞电影，连片名也忘了，但记住了在地铁里追追杀杀的场面。也许因为这些电影，许多人总觉得地铁是应该有事发生的地方。我的地铁经验并不丰富，读庞德《在地铁车站》这首诗时，还没有坐过地铁。所以，我不能确定我们是否应当期待地铁车站有什么事发生。在中国，地铁并不像欧洲或美国那么普及。在许多城市，地铁还刚刚进入人们的日常。地铁车站新鲜整齐，是非常现代的所在。而在巴黎或纽约，地铁似乎与火车站一样，充满着怀旧的色调。1984 年的夏天，我第一次到北京，第一次走进地铁车站。而今只记得人潮汹涌，想不起那个车站的

任何特征。后来，广州也有了地铁，我家的附近就有地铁车站。地铁渗入我的日常生活。每次在地铁车站，回想起在北京的第一次，感到我对地铁的第一印象——没有特征——其实抓住了地铁的核心特征。你能够说出巴黎或北京或上海的地铁车站有什么地域色彩吗？全世界的地铁车站都是一个模样，就像全世界的麦当劳都是一个模样。火车站与汽车站，虽然大同小异，但仍然留存了一些显而易见的差异。例如我们从附近的建筑物或商店里的土特产，多少能够感受到一点地域气息，明白我们现在是在杭州或满洲里。然而，地铁车站体现了标准化与程式化的理想。当你处身其间，你觉得只是在一个隔绝的空间里等车，别无其他，这个隔绝的空间除了站名指示牌以外，没有任何东西提示你身在何处。

因此，我们可以说，地铁车站是车站中的车站，是目前为止我们所见到的最完美的车站。因为它剔除了上下车以外的其他所有功能，只是一个纯粹的车站。它集中了自动化、程式化的理想。在火车站或汽车站，甚至在飞机场，我们还是能够见到许多芜枝蔓叶，见到许多逸开去的小小歧路。一个闲荡者很容易在火车站或汽车站找到闲荡的空间，而不会引起别人的注意。例如，广场的周遭、候车大厅的角落、各种各样的商店等等，都在上车下车程序之外。但在地铁车站，一个闲荡者会十分引人注目。因为，地铁车站处于一个完全封闭的空间，四周没有任何可以见到的景物，只是墙壁，以及墙壁上的广告牌。一旦进入地铁车站的通道，你能够做的只是按照指示，然后紧凑地随着人流买票、进站或出站。你一停下来就马上显得与环境不相协调。它的整个结构非常简洁、严密，节奏明快，不容回味，除了上车下车，没有任何的间隙或时间（地铁一班接着一班）可以容纳我们的闲情逸致。

所有的车站都是陌生人的聚集地，而且在规定的时间内人们必须离开；陌生人的相遇充满了一种短暂的紧张。因而，人们对车站总是怀着某些微妙的期待与想象。而地铁车站，由于封闭性以及流畅的程式化，似乎断绝了这种期待与想象，试想一想，在一个隔绝的、清晰的场所，那些陌生人能够有什么作为呢？然而，又恰恰是这种断绝，更加强化了人们的期待与想象，有什么比在如此紧凑、如此短促的时空里发生点什么更让人兴奋呢？同时，“地下”也赋予了地铁车站神秘的气氛。于是，就会有“地铁应该是有事发生的地方”这样的陈腔滥调。会有什么事发生呢？年复一年地准时运行着，连晚点都很少发生。乘坐地铁的人也大抵是年复一年地上班下班的人。地铁的日常冗长而单调，一旦有事，就惊天动地，但绝对不是“文学青年”们所想象的那种事。

地铁与公共汽车一样，是城市中的交通工具，但后者还留有自然的痕迹，而前者完全是人工的。当我们在公共汽车站等车，我们其实是站在街边，千篇一律的公共汽车站湮没在街道的琳琅满目里。上海、南京的公共汽车站往往在梧桐树下，而广州的公共汽车站有时在一棵榕树下。水泥或街砖并没有彻底封住树的根部。那露出的一点点土壤，还有楼群中的天空，仿佛是农业时代在城市里的遗迹，为公共汽车站的等待着上了一层浮动的韵律。而当我们步入地铁车站，沿着台阶向地下走去，地上的浮华在我们身后消失殆尽。豪华现代的装饰连接着黑暗狭长、似乎没有尽头的隧道，一个没有铺垫没有转折的极端所在。我们在地铁站所能见到的自然之物是什么呢？是人的脸。无论在何处，当我们在地铁车站等待时，我们不得不注视人的脸，整个空间里都是无法回避的脸，陌生而熟悉。就像庞德所描绘的，人的脸构成了地铁车站（包括地铁车厢）最鲜明的意象。那么多人的脸、那么多的表情在封闭的空间里邂逅，一些人在这一边，另一些人在那一边，一些人要上去，一些人正下来。拥挤但是井然有序。当我们回家在黑夜里做梦，能够回忆起多少张地铁车站里的脸呢?

庞德的诗源于那几张美丽的面孔。他自己在回忆录中说“三年前在巴黎，我在协约车站走出了地铁车厢，突然间，我看到了一张美丽的面孔，然后又看到一张，又看到一张，然后是一张美丽儿童的面孔，然后又是一个美丽的女人”，然后，便有了这样一首叫作《在地铁车站》的诗。意味深长的是，庞德用了“apparition”这个充满歧义的词来留存他对这些面孔的刹那惊艳。这个词的意思：1. 幻象（或怪影、鬼怪等）的出现；2. 神奇的现象；3. 幽灵；4.(行星、彗星等隐没后的)初现。于是，有人把这句诗译成：人群中这些脸庞的隐现；有人把它译成：人群中这些幽灵般的脸庞。紧接着一句：潮湿的黑色的树枝上的花瓣。在地铁车站所见到的美丽面孔，经过诗的过滤，与幻象、幽灵、花瓣等事物联系在了一起。是无法把握的事物，是转瞬即逝的事物。在地铁车站，你捕捉到的同时，你所捕捉到的就已经消失。在地铁车站，我们看到的一闪而过的女子或男子，是否只是如同鬼怪或幽灵般的面影似有似无?我们不得不屈服于诗的力量，把一个几乎阻塞了所有幻想的地方所具有的无限潜力释放了出来。因为这一首诗，最平淡无奇的地铁车站以一种不平凡的姿态在城市浑浊的空气与噪声里送走一个又一个早晨和黄昏，送走一瓣又一瓣春天的花以及一片又一片秋天的叶。

小站

当我们年老的时候，坐在炉火旁打盹，会不会以忧伤而喜悦的心情怀想起我们生命中曾经经过的有名或无名的小站？对于我们中的许多人来说，小站是起航的地方。但是，我们在起航以后的旅程里，很少在小站下车。列车奔驰向前，我们从窗外看着一个又一个的小站向后退去，连名字都一闪而过，随即消逝。我们的目的地总是在城市的车站。至于乡野的小站，它落寞地送走那些渴望着远方的人。同时，又落寞地接纳着一个又一个或意兴阑珊或意气风发的还乡者。小站总是平静地珍藏着从青春到中年到老年每个关键时刻的一张张清晰的表情特写。然而，小站总是寂寞，永远是一个开始，或一个停顿，而无法成为我们的终点。

小站把车站的结构简化到了最低限度。我们进入城市的车站，犹如进入迷宫或大型市场，但我们进入小站，几乎是尚未进入即已进入，因为我们一眼就可以看透一

个小站。嘈杂构成了城市车站最外在的形态，而冷清则构成了小站最外在的形态。嘈杂钝化了我们对时间与空间的敏感，但冷清恰恰凸现了时间和空间的存在。也就是说，在小站，我们格外地能够感受到时间与空间的环绕。当你在一个小站下车，往往只有你一个人下车。月台与出口处只有几步路，常常无人看守。跨出门口，空空寥寥的几乎见不到人，附近公共汽车的站牌已经斑斑点点，认不出上面写的是什么地名。你就在那里等候着。没有人能够告诉你汽车确切到达的时间。只有这么一个公共汽车站，你找不到任何办法去你的目的地，只能等待。周围除了一两个小摊，没有任何商店，你找不到任何办法来消磨时间，只能在站牌下等待着。一种全然的等待。你会感到每一秒钟的嘀嗒。开始时你会烦躁不安，但渐渐地，你会专注于周围的事物。我们往往记不住城市车站的细节，但是，小站的每个细节包括它的气息我们都记得真真切切。许多年前在一个小站候车去上大学的情景，那个售票窗口，那个小小的候车室、矮小的黄色的房子……以及在后来许多次因为各种原因而相遇的小站，至今犹如就在眼前。小站容易延展成我们的记忆，在回忆中荡漾。

在出发与到达以外，小站还常常包含着一个隐喻式的功能：在文明/落后、现代/传统或开放/闭塞之间构成一种连接。在小站的凝视里，火车或汽车是另一个先进世界的符码，煽动起欲望、骚动等等。小站的心灵经常随着车轮的滚动而飞扬。当一个城市人从小站下车，他心头涌起的情绪，也许是安详，但同时也可能夹杂着不安，甚至恐惧。小站所指示的世界在城市的文明规则之外，这里没有体制化的交通系统，没有规范的旅店，更不要说星级酒店。他要进入的是一个暧昧而混沌的空间。有时候，连这个小站是否有效也无法确定。高行健《车站》写了这样一个故事：一些人在郊外的汽车站等车，等了一年，才发现这个车站早已取消。这是一个“等待戈多”式的故事，小小的汽车站在这里成为演绎存在隐秘的背景，荒谬而悲哀。然而，这并非纯然的虚构。我在安徽与浙江的交界处遇到过类似的事。当然，我们并没有等上一年，而是一个小时以后，就被路人告知我们正在等车的地方已经不是车站了。

旅馆，或另一种夜色

旅馆

夜色

旅馆[1]起源于夜色。当夕阳西下，人们都在纷纷回家。而正在途中的旅人如何回家呢？他们要么栖息在路边、破庙，要么就到模拟的家——旅馆。旅馆在不同的时代、地区有不同的称谓，例如：客栈、旅店、客舍、行宫、别墅、招待所、饭店、酒店、宾馆、度假村等等。每个称谓都暗含着不同的意识与理念，包藏着不同的文化背景与政治色彩。但是，它们基本的功能并没有不同：

① 关于旅馆的历史，一般分为4个时期：客栈时期（18世纪中叶以前，最古老的旅馆，仅仅提供食宿）、大饭店时期（18世纪中叶至20世纪初，从食宿的功能扩展到娱乐社交，从交通要道转向城市）、商业饭店时期（20世纪初至20世纪中叶，主要为商务旅行者服务，标准化管理，大众化消费）、现代新型饭店时期（20世纪50年代以来，功能多样化，服务规范化与个性化，跨国经营）。关于旅馆的等级，常见的划分方法有星级制，将旅馆分为5级，最好的是5星。另外还有许多评价体系，例如AAA钻石评级、Mobil旅游指南星级服务评定、OHG（官方酒店指南）等等。在我看来，就功能而言，实际上始终只有两种类型的旅馆，一是小旅店，二是大饭店，前者只具有旅馆的基本功能：吃与住，而后者从吃与住伸展出其他的娱乐、消闲功能，小旅店就是一个本色的旅馆，为路途中无法回家的人提供食宿，而大饭店不仅服务旅人，也服务本地居民，不仅吃与住，也是社交、休闲中心。这里的“小”与“大”不是规模上的，而纯粹是功能上的。

住与吃。而吃归根结底是从住的功能延伸出来的。《辞源》将“旅馆”解释为“客寓”，《简明不列颠百科全书》将旅馆（hotel）定义为“为公众提供住宿和膳食的商业性建筑设施”。从根源上看，旅馆无非是人类休息本能的显现，是路上的家。再往深处看，人类具有“日出而作日落而息”的生理本能，即“运动”（白天）和“静止”（夜晚）的本能。社会的设施无非为白天或夜晚而设。白天的典型设施是工作（劳动）场所，以衙门和写字楼为代表，夜晚的典型设施是休息场所，以家和旅馆为代表。

我们白天的劳作，目的是为晚上的休息争得一个空间。家意味着一个人对空间也就是对土地的占有程度。从遥远的远古到今天，人的社会身份根本上是通过对土地的占有而获得的。土地是永恒的标杆，是人类最内在的欲望对象之一。固定的家是我们的私有财产，是我们一生最重要的私有财产。而住旅馆意味着我们用金钱购买某一段时间内的某一个空间。因而，家也罢，旅馆也罢，都是社会身份的外在标记。一些人没有自己的家，另一些人拥有自己的家，一些人能够住旅馆，另一些人无法住旅馆；一些人住在豪华别墅，一些人住在公寓；一些人住在五星级宾馆，一些人住在招待所。这些差异

显现着权力与金钱无处不在地区分着人群。如果仅仅为了休息，到处都是能够休息的地方，例如河边、树下，又何必花费那么多的心计去构筑、装饰房子？这是合理而又荒谬的：我们在白天辛苦劳作，为的是拥有一个与别人不一样的（确切地说，是要比别人更好的）休息场所，而无论多么豪华的家与旅馆，无非是把我们日常根本不需要的东西嵌进了日常，与其说是为了休息，倒不如说是为了面子。所以，禅宗式感叹：既然赚钱是为了享受，我现在就在河边晒太阳享受，为什么还要去劳心劳力？这并非一句失败哲学式的感叹，而是蕴涵着一种很深的观察。因着休息本能而设置的夜色下的家与旅馆，以各种摇曳的姿态叙述着成败得失，诠释着机遇、命运、奋斗诸如此类的语词，在宁静的韵律里激荡着并不宁静的风风雨雨。

夜色里涌动着形形色色的潜意识，涌动着白天所禁忌的形形色色的欲望。很多时候，白日之梦借夜的迷蒙与暗黑可以变成肆无忌惮的现实。就像英国电影《心火》中苏菲·玛素对她的孩子所说：黑夜里人们做白天不敢做的事。在此意义上，一个悖论昭然若揭：人们以安分守己的面貌出现在显现运动本能的白天，而以冒险越轨的姿态出现在显现静止本能的夜晚。印证了佛家的言论，动与静本为一体。也印证了封塔涅(Fontanier)的话:“悖论的自相矛盾的形成成为最真实的、最有能量的东西。”家与旅馆展示了一个悖论系列:动与静,禁忌与放纵,明与暗,等等。它们都以最醒目的位置承载黑暗的欲望,是私密性的空间。你在其中的许多行为往往可以做但不能说出来。不过,就一般而言,家所包藏的往往是那些合法的私隐,而旅馆所包藏的可能是那些非法的私隐。家始终是社会的一种稳定力量,体现着伦理、道德的强大秩序。婚姻是家庭的必要条件,它的功能在于将个人纳入一种他一辈子都无法摆脱的血缘关系里,因着无法回避的责任,会逐渐把个人从青春的不羁驯服成社会的良民。而旅馆,作为家的延伸或补充,有时却对家构成一种颠覆。也就是说,在大部分时候,当人们住进旅馆时,他又成为单个的人,家所编织起来的关系暂时隐退,而被家所压抑了的欲望空前高涨。美国作家索尔·贝娄在一篇小说里说:路边的那些小旅店尽是藏污纳垢之所。其实,夸张一点,所有的旅馆都是藏污纳垢之所。当然,我所说的“污垢”只是一个中性词,无非是在家的场域不能实施的晦暗欲望。旅馆在任何一个时代,都是革命者、罪犯、浪荡者活跃的舞台。想一想有多少篇推理小说中的犯罪发生在旅馆,再想一想有多少家庭以外的情欲是在旅馆里爆发。那些不爱家的人，总是从这个旅馆流窜到另一个旅馆。而不爱家或没有家的人总是家庭体制的破坏分子，或者说，他们对体制有害。（多年前，我所在的单位公派人员出国时，有一个条件是必须已婚。听说许多地方提拔干部也考虑到是否已婚等家庭因素。这些规定的假设是有家的人靠得住，没有家的人靠不住。）

所以，旅馆成为警察常常出现的地方一点也不奇怪。警察冷不丁的查房，无非是政府在传达一个强有力的信息：无论怎样，都在“王土”之内，你必须按规定行事。旅馆里经常上演猫捉老鼠的游戏。警察局（公安局）直接监控着旅馆。在40多年前的中国，人们住旅馆还需要单位的介绍信。你必须拥有正当的职业，才有资格入住旅馆。即使如此，警察的突然破门而入仍是一件常事。很长时间里，中国的旅馆对男女同住要求提供结婚证。这是在保证家庭体制的唯一合法性，也就是说，只有在婚姻体制内，一个男人与一个女人才能有身体的深度接触。耐人寻味的是，“有钱就行”的商业化原则正在瓦解权力对旅馆的束缚。但我们必须明白，商业化对权力的瓦解非常有限，它只是实现了金钱的自由。而在许多时候，金钱与权力是一种共谋的关系。以利润为诉求的商业系统与以政治为诉求的权力系统总是相辅相成而又互相排斥，每天都在媾和或争斗。当这两个系统在旅馆相遇，演出的戏剧同时包含着喜剧与悲剧的因素，是我们时代典型的冲突之一。电视新闻或电影里的画面：警察冲进旅馆房间，将嫖客、妓女或其他关系暧昧的男女排列成一排，逐个搜索。当你观看这样的画面，你能够为自己找到一种怎样的表情呢?

我们经历过一个什么都不会发生的绝对年代，而现在，什么都可能发生。你所预料到的，以及你所没有预料的，在我们亲历其间或置身其外的旅馆，像推理小说一样，随着一个又一个陌生男女的脚步，悬疑渐渐展开。一切的进与出都在旅馆的夜色里错落有致，而阳光稍稍苏醒，就戛然转换成另一种节奏。

小旅店（或：客栈）

客栈[①]似乎只是一个词，所指涉的似乎是现在已经不存在的形构。随着它的字形与音调，江湖世界缓缓铺展，侠客们接踵而至，平静里酝酿着风暴。这是一个想象的空间。客栈是武侠小说与电影里必不可少的背景。在“客栈”这个古典意象的形塑过程中，《新龙门客栈》是一个高峰。客栈的外面是万里黄沙和众多追兵，情节就在这样的对峙里展开。文艺创作也许并非全然的想象。事实上，古典时期无论东方还是西方，客栈都是险象环生的地方。月黑风高，杀人越货，是客栈很常见的古典面目。我们的语汇里至今还有“黑店”一词，沉淀着无数凶险的事件。不过，我所读到的真实记录好像尚未如此恐怖，俄国人阿列克谢耶夫《1907 年中国纪行》里

① 章炳麟《新方言·释宫》：“行旅所止之屋，谓之客栈。栈，借为传。《广雅》：‘传，舍也。’”古代中国关于旅馆的称谓并非只有“客栈”一词，也并非客栈最为常用。按时间沿革，相继有过这么一些命名：逆旅、驿传、商馆、客店、驿站等等。归纳起来是“馆”“驿”“舍”“店”四大类，在这四大类下又有几十种名称。“旅馆”这个词最早出现于南朝，谢灵运《游南亭》中有“旅馆眺郊歧”之句。欧洲最早的小客栈老板行会于 1282 年在佛罗伦萨宣告成立。

多次写到住店：“终于，一个过路人愿意做我们的向导，我们到达蒲城的时候，天已经完全黑了。我们找到了令人向往的客栈，感觉非常美妙。”“我们在一个黄土上挖成的旅店住下……”鲁迅的日记里写到 1913 年 6 月 19 日自京回绍兴老家，傍晚抵津，曾寓泰安栈，8 月 7 日自绍兴抵津，在富同栈停留半日，晚返京寓。即使在虚构文本《围城》里，乱世中一路走过“欧亚大旅社”等纷乱的小旅店，虽然肮脏、混乱，但是，方鸿渐他们并没有遇到什么危险。

鲁迅到天津的年代，大饭店在中国还刚刚萌芽。从原始时代到 20 世纪初，无论以什么名称命名，中国的旅馆都是小旅店式的。今天，世界各地的城市，虽然豪华饭店林立，但小旅店仍在街巷之间随处可见。夜色中的小旅馆是落寞的，旅馆的结构本来是对家的模仿，但有意思的是，小旅店又似乎处处让人涌起对家的怀想与思念。小旅店作为家的形象恰恰建立在对家的思念之上。卞之琳的诗句：“想一个孤馆寄居的番客 / 听了雁声，动了乡愁……”摹想古典时代的旅人在异国旅馆里的惆怅情怀。古典诗词里类似的意象随处可见：“旅馆谁相问？寒灯独可亲。（戴叔伦《除夜宿石头驿》）”“邯郸驿里逢冬至，抱膝灯前影伴身。（白居易《邯郸冬至夜思家》）”。夜色下的小旅店似乎总是笼罩着羁旅天涯的惆怅。不安与寂寞，是小旅店的主旋律。这是为什么呢?

也许是因为简单。在简单的结构中，我们与陌生人的共处变得非常突出。小旅店没有复杂的大堂，只有登记台。有些家庭旅馆甚至连登记台也没有。经营者寥寥几人，有时都是家庭成员。我们感到自己处于一些陌生人的看顾之下。而在大饭店，复杂的大堂等设施让我们感觉我们是进入了一个系统，那些服务员对我们而言似乎并非陌生人，而是系统中的一个组成部分。我们总是比较信任一个系统，而不怎么信任陌生人。因为系统的背后是一套繁复的架构，人与人之间存在着某种相互监督。系统一旦形成，就连它的创立者也无法完全控制它。它有自己的一套运作程序。当我们在小旅店住宿时，多少有点像投宿在一间寺庙或一户农家，我们的安全完全取决于这些陌生人是否守规矩。从前，许多小旅店还是几个人一间房。当你的身边睡着几个你完全不认识的陌生人时，你是否能够完全踏实呢?

同时，在简单的结构中，异乡的气息变得非常浓烈。家里的吃与住都是亲人环绕，安静里有着很深的温馨。但小旅馆里的吃与住是与陌生人一起或独自一人。家庭

旅馆常常诱发寄人篱下的喟叹。然而，小旅店并非一无是处，不安与落寞的另一面是刺激与宁静。在小旅店，尤其是在偏远的小旅店投宿，不可知的因素让我们不安的同时，也让我们兴奋。小旅店即使处于闹市，也有点远离尘嚣的色彩，是不怎么受人注意的目标。一般情况下，在小旅店，很少会受到什么诱惑，是适合独自思考与抒情的场所。特别是住在闹市区或居民区的小旅店，你透过窗口，看着别人的日常，成为一个生活的局外人。长久以来我一直认为在路上的诗人应当住小旅店，小说家与剧作家应当住大饭店。如果我没有记错，诗人海子1989 年在山海关附近的一家小旅店住了一夜，第二天卧轨自杀。我想象中许多小旅店某个房间的床下或地上应当留存着某些揉碎了的诗稿。

小旅店牵扯的都是些平民。它的色调灰暗而单调。但是，它展示的却是一个比大饭店更深邃的世界，一个引导人向深处沉淀的世界，而不像大饭店那样，引导人四处飘散。因而，小旅店是常态的，也是诗意的，没有什么高潮，也没有什么曲折，然而，却是个意象迭出的场所。夜色里，是谁在小旅店独自浅斟低吟？小旅店平静的守望里埋藏着人世间多少不平、挣扎、苦难、琐碎？

大饭店

如果我有钱，真愿意一辈子住在酒店里。我不止一次听到有人这样感叹。但我确信他们所说的酒店肯定是大饭店[①]，绝对不会是小旅馆。大饭店是家外之家，是流连忘返之地。如果你有足够的金钱，你完全能够一辈子住在里面不出来。大饭店是一个满足欲望之地。小旅馆与劳碌、奔波息息相关，而大饭店与豪奢、享乐息息相关。大饭店与小旅馆外表上显著的区别在于大堂。大堂是大饭店最醒目的标志。最早有大堂的饭店据说是1829年在波士顿落成的Tremont House（特里蒙特饭店），这家当时拥有170间客房的饭店被认为是“现代饭店业的始祖”。大堂的设立不只是空间上的拓宽，更重要的是，赋予了人们在进出之际产生一种新的感受，从而改变了旅馆的性质。大饭店固然仍然是家的另一种形式，但更多的，它是一个独立的自足的世界，就如《饭店世

① 吃饭的饭店何以成为旅馆的一种称谓，我查了一些资料，却不得要领。现在人们很少说旅馆业，而是说饭店业。关于食欲在各种欲望中的比重，以及它与其他欲望之间的关系，也许可以敷衍成另外的一个话题，让我们从另一个角度来认识旅馆。

界》这部小说的名字所显示的：当我们进入大堂，进入的并不只是睡眠的房间，而是一个世界。

典型的大堂由下面一些元素组成。首先是大门，旋转的或自动的，总是有门童等候在旁，你的车刚刚停下，他们已经殷勤地伸出手为你打开车门。就此一点，你就会明白，大饭店模拟的是贵族的豪华庄园。大饭店一开始就制造了一个幻觉：跨进去的每一个人都觉得自己是贵族。其次是前台，大饭店的前台总是站着一排微笑着的服务员，或接待或结账，分工明确，住客在前台完成一系列的入住与退房手续，主要是住客身份的确认与房费的收取。前台的墙壁上往往挂着许多时钟，显示世界各大城市的时间。喻示着大饭店是一个国际性的场所。再次是大堂吧，总是有三三两两的人坐在那里，你永远无法分清谁是住客谁是本地居民。大堂吧可能会有一架钢琴，如果时间刚好，一个女子会弹奏悠扬的曲子。另外是精品店等等。大堂里总会有许多指示标识，暗示着从大堂我们可以进入许多隐秘的场所，或者说，大饭店里的住房及其他五花八门的消费场所，都是深藏不露的。而通向各个场所的电梯常常会在一个转角处。也就是说，我们从大堂往里走，并不会引起什么明显的注意。

这是大饭店与小旅馆的重要差异。在小旅馆，前台服务员一般非常清楚谁出去了谁进去了。但是，在大饭店，当你进入大堂，再从大堂往里走，实际上你是消失了，因为你无论什么时候出来或不出来，都没有人再记得你。更重要的是，人们进入大饭店，不一定是住宿，他可以去酒吧，也可以去桑拿、咖啡厅，或者不为什么地闲逛。诸如此类。因而，大饭店的前台检查的作用很少。许多大饭店的大堂宽广富丽，人们置身于其间，立即就与玻璃门外的日常生活隔绝，同时也在前台的视线之外。它自己成为一个天地。事实上，很多人来到大饭店，就到大堂为止，他们把这里作为约会、休闲之所。广州花园酒店的大堂 3800 平方米，正中央是巨幅大理石贴金壁画“大观园”，表现的是金陵十二钗的形象。

这幅画触及了所有大饭店的秘密。大饭店的大堂以想象物的形式，利用各种历史文化资源，烘托出一种风格，一种雅致的风格，从而把一个以吃与住为基本功能的地方转换成一个心理或精神界域。而装点在优雅风格之下的大堂，又处处流溢一种细微的无处不在的粗俗欲望，那通向里面的标记与路口尽是晦暗的躁动。穆时英在《上海的狐步舞》里展示三十年代上海华东饭店某一晚的情形：白漆房间，古铜色的鸦片香味，麻雀牌，《四郎探母》、《长三骂淌白小娼妇》，古龙香水和淫欲味，白衣侍者，娼妓掮客，绑票匪，阴谋和诡计，白俄浪人……而在华懋饭店里，“笑着的眼珠子！白的床巾！喘着气……”90多年过去了，我们在大饭店，仍可以听到那夜色之中躲在暗黑里的笑，与90多年前的姿势和音调几乎一模一样。大饭店容纳的是剩余精力与剩余财富。它所有的设置，都是让人沉迷其中，忘掉回家的路。在这个意义上，它有点像古代的妓院，让你乐不思蜀，等到你身上的钱花完了，再把你一脚踢出门外。

大饭店在从前是达官贵人特权的象征，现在成了城市夜生活的象征。它门口“衣衫不整，恕不接待”的牌子只是阻隔了极少数像乞丐、流浪汉这样的人，几乎绝大多数的平民都可以随意进入。这是不是意味着我们通常所说的，商业化给予了平民从前贵族的享受？事实上，并非完全如此。也许确切地说，商业化给予了平民乃至所有的人一个机会，一个可以随意观看（或尝试）从前贵族神秘享受的机会，随意观看（或尝试）并不等于随意享受。商业化给予平民这样的机会，暗藏着很深的用心：它是在激起欲望，推动潜在的消费者变成现实的消费者。就像我在开头提到的那句感叹，前提是“如果我有钱”。大饭店在商业社会里扮演着一个驱动力的角色，永远在用最鲜明的声与色告诉人们：如果你有钱你就能享受到什么，否则，你就永远在大饭店的外面或里面游来荡去，用眼睛满足你的欲望。

房间

你进了房间[1]，单人房或双人房。在家里，一到晚上我们也会走进自己的卧室。与卧室一样，旅馆里的房间最基本的物品是床，无论豪华还是简陋，床对于旅馆而言，是必不可少的。我们进卧室是为了上床，进旅馆的房间也是为了上床。“上床”这个词的意义十分清晰又十分暧昧。但不管清晰还是暧昧，床都是一种极为个人的用品，一种我们只能与亲密者共享的用品。我们家里的床流溢着每个人独特的气息。当我们坐到或躺到某个人的床上，我们事实上是侵入了他（她）的身体界域。所以，南方人有一种说法，如果一个女孩子愿意让你进

① 关于房间，没有什么可以注释的，但是，我突然想起一首英文歌曲，叫作《加州旅馆》，忘了大部分歌词，却记得最后几句：我们已经准备好接待客人，你什么时候结账都可以，但是你却永远走不了。又想起丰子恺先生佛家式的感叹：“我每逢辞去一个旅馆，无论其房间何等坏，臭虫何等多，临去的时候总要低徊一下子，想起‘我有否再住这房间的一日’，又慨叹‘这是永远的诀别了！’”

入她的卧室，坐在她的床上，那就意味着她愿意献身于你，至少是喜欢你。但是，现在你不是在一个女孩子的房间里，而是在旅馆的房间里。你能够进来，并不是有什么人愿意献身，而是因为你花了钱，租用了这一间房，你可以任意使用房内的一切器具。那张铺得整整齐齐的洁白的床，现在属于你。在此之前，它属于谁呢？一个女孩子，还是一个老头？一个纯良的公民，还是恶劣的罪犯？……你所见到的床单、被套已经被替换，仿佛新的一样。所有从前的痕迹仿佛都不再。我们面对旅馆房间里干净的床铺，都会有意无意地忘记这张床在你之前有无数人用过，在你之后有无数人将继续使用。当我们躺到旅馆的床上，我们实际上是与无数的匿名者共同享用一张床。因而，旅馆里的床与家里的床具有深刻的差异，家里的床把我们与别人分离，旅馆里的床把我们与别人以一种看不见的形式联结在一起。

旅馆里的床具有这样的性质：最私密的也是最公共的。它的含义在于：当我们最个体的时候，其实也最为群体。奇怪的是，人们平时会反感别人睡到自己的床上，但对于旅馆里与无数人共用一张床，却毫不介意。难道这是人类群居本能的一种隐秘表现吗？也许，旅馆，尤其是大饭店这类最现代的形式，往往包藏着野蛮时代的狂欢流韵。

豪华饭店在床的周围设置了豪华的装置，不仅营造舒适的感觉，也试图营造安全的感觉。虽如此，可能被窥视仍是每个住客内心隐隐的不安。当我们进入房间，我们首先会环顾四周，实则是在检查有什么异常的细节。在旅馆似乎封闭又似乎敞开的房间，住客自己有时也会浮动起窥视的欲望。从门眼望出去，有个中年的男子正在开锁，另一个中年男子正开门出来。而不时地，隔壁传来低低的含糊的音响，门外的脚步声时远时近。它们引起你的好奇——是一些什么样的人，与你同时在如此相同的房间里？他们在做些什么呢？这些问题可能非常无聊，不过，它们提醒我们，旅馆房间的排列方式是值得琢磨的。标了号码的房间一溜地排在走廊的两侧，每一层楼都是如此。众多的陌生人就这样隔了一堵墙在一模一样的房间里做各自的事。你从你的房间里看不到别人的房间，但是，你能够感觉到别人的房间的存在，就像你看不到绝大多数与你一起住店的人的面孔，却能感觉到他们的存在。

公寓式的住宅楼其实也是如此。几种固定类型的套房分布在各个楼层，住着成百上千的人。他们处于同一个结构里，相距很近。但是，大多数没有互相讲过话，甚至连长什么样都不知道。旅馆、现代公寓都把人的距离拉得很近，又拉得很远。人们习惯于躲在自己的房间里，哪怕他们在各自的房间里看同样的电视、以同样的姿势做爱，他们仍然固执地认为这个房间是他们自己的，他们在里面所做的是不能与人分享的秘密。

山水：在别处

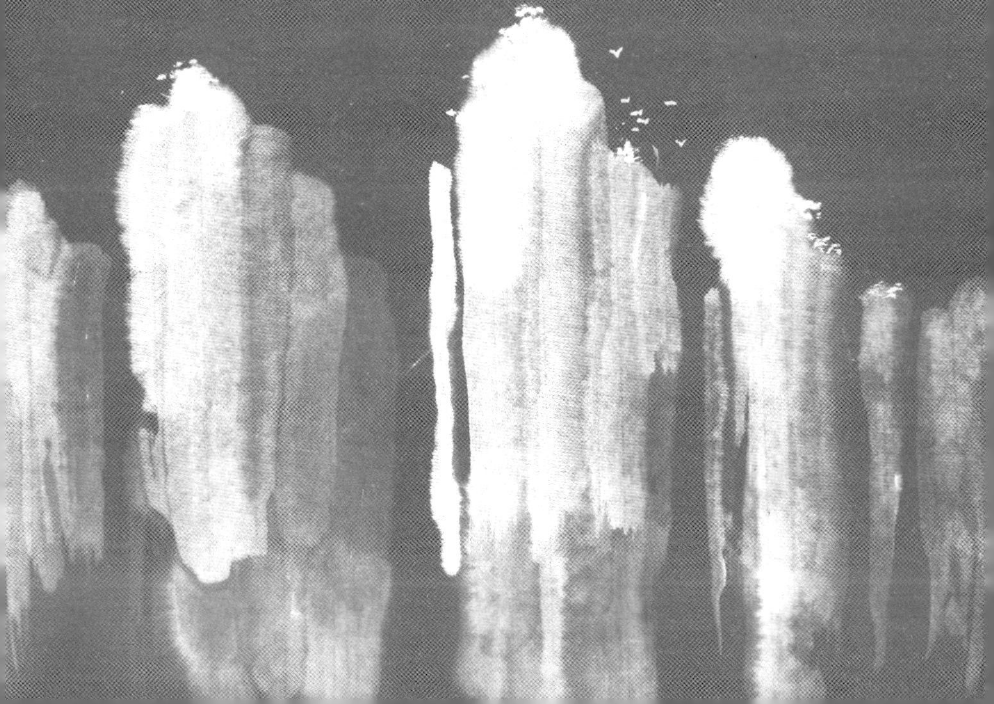

山水

这里/那里

一个人在河边晒太阳，另一个人走过来指责他，说你怎么这样懒惰，大白天不去工作却在这儿晒太阳。那个人问：为什么要工作呢？回答是赚钱。又问：那么赚钱是为了什么呢？回答是为了享受。那个晒太阳的人懒洋洋地说：我现在不正在享受吗？这是一个听来的故事，在许多地方听到过，经过多重的转述也许已经增删了某些细节。不过，我相信最基本的旨趣并没有改变。这样一个乍听之下似乎荒诞的故事为什么一直在流传，一直在敲击听者的心灵？一定是它触及了我们生存里某些隐秘的部分。让我们回到那个故事，回到河边。是怎样的一条河呢？你能够告诉我你记忆里所有河流的色彩与声音吗？我童年时生活在太湖流域的一个乡村。我家的门口就是一条河。河的对岸，远远的是一脉青山。河的两岸，葱茏的杂草树木因着四季的流转或缤纷或凋谢。后来我去了许多地方，见过许多河流，我早已忘了它们的音色，但我可以告诉你，所有的河流都与山峦相连。或者说，山与水总是联结在一起。“河边”这个词隐含着

“山”的在场，就像“山”这个字隐含着“水”的在场。山与水意味着什么呢？《辞源》：水，“泛指水域，如江河湖海，与‘陆’对称。”山，“陆地上隆起高耸的部分。”山与水显然构成了我们所赖以生存的最基本的环境元素。

在人类的童年时代与个人的童年时代，我们都曾经像那个人一样，在河边晒太阳，在山与水之间，在天与地之间，在最自然的状态。最原初的时候我们已经在享受，我们不需要付出任何努力，当下即可享受。但是，不知怎么回事，后来我们必须要经过艰苦的奋斗才能获得享受。为什么要工作？这确实是一个直抵内核的问题。正是工作，将人与山水分离。我猜想房子是人与山、水分离最初的也是最重要的标志，当人们学会建造房子，学会在房子里生活，山与水就在墙的外面了，我们不可能像躺在河边时那样，睁眼就能见到山山水水，还有天空大地。随着房子的拔地而起，家庭、政府等机构一一出现，占据了我们生活的大部分时间与空间。房子象征着社会，象征着制度。人们在房子里生活，构成了奋斗的世界。人沉溺于一个封闭的人工世界，为了“成功”这个词语拼搏，然后，再回头去寻找山与水。像一个怪圈。清代诗人王士祯曾说：“诗三百五篇，于兴观群怨之旨，下逮鸟兽草木之名，无弗备矣，独无刻画山水者，间亦有之，亦不过数篇，篇不过数语，如‘汉之广矣’‘终南何有’之类而止。”《诗经》里之所以缺乏描写山水的诗，在我看来，只是因为那个年代人们的生活与山水还是浑然一体的，一切都是如此，就在那里，人们坦然接受，顺应自然。那时候人们对于山与水，对于自身以外的一切，都怀着一种天真的态度：看山是山，看水是水。

到了魏晋，出现“山水”这个词组，同时出现了山水诗这样的文类。可以说，山水这个词的诞生即意味着我们已经将我们生存的世界一分为二：社会的与自然的，而山水在很大程度上是自然的同义词。山与水成了外在于我们的一种审美对象。自此到晚清，中国文化始终回荡着山水的韵律。这种文化特质恰恰说明了，中国很早的时候就已经形成了一种与山水相隔阂的尘俗世界，而中国人在内心又对这个尘俗世界充满抵触，想着要回返山水。山水成了我们之外的另一世界，成了我们超越、逃避的一个去处。欧阳修《醉翁亭记》：“环滁皆山也。其西南诸峰，林壑尤美，望之蔚然而深秀者，琅琊也。山行六七里，渐闻水声潺潺，而泻出于两峰之间者，酿泉也。峰回路转，有亭翼然临于泉上者，醉翁亭也。作亭者谁？山之僧智仙也。名之者谁？太守自谓也。太守

与客来饮于此，饮少辄醉，而年又最高，故自号曰醉翁也。醉翁之意不在酒，在乎山水之间也。山水之乐，得之心而寓之酒也。”欧阳修在滁州郊外纵情山水的时候，正是官场失意之时，也就是说，现世里的种种忧闷、羁绊，到了山水之间，就好像被涤除干净。莎士比亚《皆大欢喜》中的公爵说：“我们的这种生活，虽然远离尘嚣，却可以听到树木的谈话，溪中的流水便是大好的文章，一石之微，也暗寓着教训；每一件事物中间，都可以找到些益处来，我不愿改变这种生活。”阿米恩斯说他真是幸福，能把命运的玩弄说成这样恬静与可爱。显而易见，无论中西，在很早的时候，我们对山水的态度已经着上了许多情意：看山不是山，看水不是水。

今天，山水被纳入了商业性的旅游体系，山水这种“忘忧”的功能成了旅游商的卖点，甚至也成了房地产、化妆品等商品的卖点。我们在许多广告里，都可以见到山水的画面和“如歌如画”“童话”“心旷神怡”“惬意”诸如此类的词汇联结在一起，暗示着：我们只要消费某种服务或产品，就能从工作的压力下解放出来，也能从浑浊的现实里逃脱出来，进入山水之中——一个自由洁净的天地。

从古典文学到今天的广告，关于山水的言说理路，显现了人类如何从“河边晒太阳”到为工作奔波的转化过程。山水这种最自然的物质元素现在成了奢侈之物，成了花钱才能享受到的东西。人们在谈论山水或自然时，经常使用“回到”这个动词，说明我们还记得我们本来是在河边优哉游哉晒太阳的。现在我们在这里，在自己创造的像战场一样的人为世界里，在囚缚、算计里耗费生命，当累了、厌倦了，还会偶尔想起阳光下的坦坦荡荡、一无挂牵，因而会想着回到那山与水之间。但我们能够回到原初的山水吗？“山水”这个词对于现代人而言，也许已经只是一个充满诱惑的空洞能指，遥遥地意指着一个“那里”，一个波德莱尔所说的“颜色和声音都相互呼应”的那里，“一切只是整齐和美、平静和欢乐迷醉”的那里。

远望 / 仰望

必得以仰望或远望的姿势才能将天空与山峰纳入我们的视野。总是看着眼前或脚下，我们常常忘了：只要我们稍稍抬头远望或仰望，我们就置身于一种广阔与深邃里。或者说，只要稍稍抬头，我们就能解放我们自己，刹那间从有限升腾到无限。陶渊明“悠然见南山”，立即觉悟到了此中的真意，当他想要告诉我们时，他说他已经“忘言”了。日本的小林一茶却以为只有蛙才可能真正悠然见南山：悠悠然 / 见南山者 / 是蛙哟。

而孔子发出“巍巍乎”的赞叹一定是在仰望的时候。随着他的这声赞叹，山在中国的语境里就成了一种伟大人格的象征，一种崇高道德的象征。我们至今还在说“高山仰止”之类的成语。山的形象唤起的是关于坚贞、神圣、高洁、无私的联想。刘向在解释孔子“仁者乐山”这种说法时说：“万民之所观仰，草木生焉，众物立焉，飞禽萃焉，走兽休焉，宝藏殖焉，奇夫息焉，育群物而不倦焉，四方并取而不限焉……”这些其实还是由最初的观感引发的。海明威《乞力马扎罗的雪》中那个男人“极目所见，他看到像整个世界那样宽广无限，在阳光中显得那么高耸、宏大而且白得令人不可置信，那就是乞力马扎罗山的方形的山巅。于是他明白，那儿就是他现在要飞去的地方”。

但是，那并不是容易飞去的，不说乞力马扎罗、喜马拉雅这样的冰山雪峰，就是一般的如桂林、武夷山等风景区的山，也不是每个地方都可以抵达的。我们需要走很远的路才能到达看起来很近的山岚，而到了山脚下，有些山我们只能仰望，无法攀爬，而可以攀爬的，我们能够抵达之处，仍只是极少的一部分。现代技术也无法完全改变这种自然的状况，除非把所有的山夷为平地。只要山仍然屹立，就仍饱含着巨大的不可抵御的自然力量。很多时候，人类只能以望的姿势把自己与它相联结。因而，高不可攀，至今还是山所具有的最深刻的魅力，与水的深不可测一起，构成了山水这种符号神秘、庄严的色彩。

确实，当我们突然站在雄伟的山峰前，一下子就会被一种气势所折服，不由得心生敬畏之情。而最初的梦想往往从在门口望着远方的山岚开始。有过多少看着远山发梦的童年呢？有过多少看着远山发梦的旅途呢？当我们在路上，常常只是以望的姿势在想象里完成山的旅行。也就是说，山常常只是一个望的对象，我们通过对山的仰望或远望就可以一路飞翔，身在此处，而心却随着山的形与色荡漾在彼处。在高楼林立的时代，那些远远的山峰和山峰间的溪流，像一个梦，晃荡在临街的窗口。

补白：写完这一段，突然想起很多年前读过一首诗，美国人Wallace Stevens写的，叫作《十三种看山鸟的方法》。却记不起来这首诗收在哪个选本里。查了几天都查不到，倒是查到了中国诗人洛夫受这首诗的启发而写成的《清苦十三峰》。洛夫说他想写出“十三种山的貌与神，十三种山的隐秘”。在洛夫的诗里，这一首诗不算上乘之作，其中的第十二峰，却饶有趣味：“两山之间 / 一条瀑布在滔滔地演讲自杀的意义 // 千丈深潭 / 报以 / 轰然的掌声 // 至于泡沫 / 大多是一些沉默的怀疑论者。”假如我们能够一起去看山，会有多少种不同的观看方式呢？是不是有多少个观者就有多少种山的形貌？李白说“相看两不厌，只有敬亭山”，山也在看我们，又是以多少种方式呢？

攀爬 / 徜徉

现在，我们终于上路，去攀爬一座高山。爬山的目标当然是抵达最高处。然而，一路爬上去的过程，也许更加扣人心弦。在此意义上，缆车不只是在外形上破坏了山的形象，更在本质上破坏了登山的乐趣。越过浓密的树林或奇形怪状的石林，弹指间到达山之巅。就像所有的现代产品例如方便面、速溶咖啡等，省掉了过程，直接让消费者享用结果。结果是一切都变得千篇一律。结果产生之前的那些微妙的、可以意会不可言说的、永远不可能重复的独特韵味，现在被一笔勾销了。以登山而言，缆车让我们以最短暂的时间实现了到此一游，合乎经济学的原则，却与审美的原则相悖。

而更为重要的是：爬是一个隐喻，一个关于圆满人生的隐喻。圆满的人生模式应当像爬山一样：从下到上，从狭窄到开阔，先苦后甜。如果省掉了攀爬的动作，所谓的游山玩水就可能失却了最深刻的教化意味。上上下下，迷失之后的柳暗花明，曲径通幽，坎坷与平坦，这些反复或周旋与生命奋斗的历程相契合。最终的到达顶点，使山具有了昂扬积极的意义。意味着只要你具备顽强、坚忍等素质，你肯定能够抵达终点，取得胜利。为什么在某个时候人们总要去攀爬高山？是否在攀爬中获得了力量与信念？甚或只是与烧香拜佛的行为一样，表达一种祈愿？爬山潜藏着一种愿望，一种期盼奋斗之后最终完满的愿望。但是，它的表达方式显然与烧香拜佛不同，后者是被动的祈祷，前者却是主动的宣示。因为爬的动作，同时还包藏着占有的意义。或者，更确切地说，包藏着征服的意义。当你爬上了某座山，你就是占有/征服了这座山。这就是为什么人们周而复始地要去攀登喜马拉雅之类的高山，而且，成为一个重要的事件，一个宣示人类力量的重要事件。

然而，山路弯弯，人们并非总是一路向前。事实上，它总是把我们引向歧路，引向山中一个又一个深藏不露的天地。攀爬的过程同时也是徜徉的过程。许多时候，攀爬者甚至忘掉了巅峰，而流连忘返于途中的另一世界。山中有什么呢？有神仙，也有老虎。还有什么呢？有一座庙，庙里有一个老和尚，正在给小和尚讲故事，说从前有一座山，山里有一座庙，……我是在从前夏天的夜晚，听一个白胡子老头叙述这样一个故事的。远方的山岚在夜幕里若隐若现。还听说过许多这样开头的故事：从前山里面有一户人家，有一个女儿……我喜欢这些故事，因为最简单，又最复杂。后来读书，读到樵夫或书生在山中迷了路，遇到仙人或美女或隐士或鬼狐诸如此类。山中也许并没有神仙美女之类，但是这类故事却暴露了登山的愉悦所在：走着走着就能遇到你意料之外的、令你沉醉的事物。

溪流、树林、庙宇，各种有名或无名的植物、虫鸟等等，给予我们惊喜与宁静。如果说大饭店、夜总会、迪厅、主题公园是典型的依据人的想象构筑出来的世界，那么，山是自然世界的典范。它的所有形状与色彩、气息，都来自人的意识之外，是看不见的自然力量所构筑的。置身其间，除了以沉默赞叹自然的伟大之外，我想不出有什么语言可以表达山中的丰盈世界对于我们心灵的震撼。至今我还清晰地记得第一次爬一座高山时萦绕在四周的那种清新的气味以及鲜活的色彩、声音。我遇到了什么呢？一个废墟般的亭子，几块散乱的石碑，杂草中居然露出半只近乎朽腐的绣花鞋。在半山腰的平地上，一座破旧的古庙，到处是蜘蛛网。走不多远，在一丛树林间，隐隐的一间茅屋，门口的小板凳，刚劈好的一堆柴，然而，人呢，却不见踪影。许多年后，我重新登临这座山，发现并不很高，只是一个儿童眼里的高山。那座庙宇现在香火鼎盛，是附近有名的风景区。一切都修葺得整整齐齐。当然再也找不到绣花鞋、茅草棚之类。

那个晚上，我们就住在山中的别墅里。从窗户望出去，差一点把路灯那淡淡的光当作了月色。临睡前，我想象着明早起来，下山进城，是否会像那个樵夫一样，发现山外已经流走了几十年的时光？所有熟悉的都已经消失，所有的故事都已经终结，而我在时间之外，在山的深处，浑然不觉。

山之巅

一切峰顶上
一片宁静
一切树梢上
感不到
一丝微风
林中栖鸟
缄默
稍待你也
将安息

——歌德《浪游者的夜歌》

罗兰·巴特说，埃菲尔铁塔是一个使我们能看而本身又是被看的物品。铁塔或别的什么塔所模拟的自然物，一定是山峰。山在我们望的姿势里完成它的形质，同时它本身又是我们望的姿势所经常依赖的媒介。作为望的媒介，山的顶峰提供了一种广阔的没有障碍的视野。当你站在山上，放眼望去，一切都变得如此渺小，连天与

地的界限也仿佛消失了一般。云雾环绕在你脚下，是在天上，还是在天与地之间？

大多数人爬上高处，并不是为了云彩，或者瞻望天外天，而是为了俯视，俯视他们脚下的景致与芸芸众生。在俯视中，再卑微的人，也仿佛有了“会当凌绝顶，一览众山小”的豪迈与自信。虽然老子说过，那些高高在上的人，有华丽的衣车相伴，却没有人愿意做他们的朋友，是多么的寂寞；但一般人仍喜欢高处，喜欢站在高出别人的位置。甚至，为了多一点点的权力，多一点点的美丽，或一点点的名声之类，可以绞尽脑汁，不择手段，甚至以性命相拼。以为得到后就是荣华万千，无忧无虑，却不知还有“高处不胜寒”的另一面。

对于那些不能在人生的搏击中攀行到高处或者从高处跌落下来的人，去爬一爬自然的高山，或者登一登人造的高楼，也仿佛有点心理补偿作用。因而，城市中大酒店的天台和自然界的山巅，都成了风景区，必须付钱买门票才能上去。

登高也可以不只是为了心理安慰，而是为转换一下视角，转换一下观察自身以及人群的视角。从尘世的流程中暂时抽身而出，站在高处，比如就在这城市的最高处，你眼中饱览的是人们的繁华与阴影。竹笋似的高楼，耸立的广告牌，还有气球、彩条，恍如云中的梦，绚丽地开放在城市的上空；往下，则是盲肠似的马路，或曲折或笔直，绕满了整座城市，还有无数的汽车与人群，在慢慢地蠕动，向着东西南北。这一刻之前，你也在他们中间，而现在，你在云端，能够看清你赖以栖身的土地与房子，以及与你共同生存着的同类，你能感受到他们的姿态、他们的心情，从而，你也终于明白自己在日常中的姿态与心情。

一位老和尚爬上阳明山，俯瞰台北市的全景，见到的是在红尘中忙碌、奔跑的形象，蚯蚓似的挤作一团，不禁潸然泪下。我懂得他注视时的那一份慈悲，为别人也为自己。只有在高处，你才能幡然明白人在世间跌爬的形态，以及人在天地间的渺小，才会有禅师那种“笑看无限往来人”的胸怀。

1780 年秋天的某个夜晚，德国大诗人歌德爬上了吉克汉山顶，放眼望去，是沉寂的群峰、敛迹的微风、缄默的栖鸟，他在刹那间仿佛领悟到了一切，领悟到了狂暴之后的宁静，于是，在一间小木屋的壁上题写了一首《浪游者的夜歌》。51 年后的 1831 年，83 岁的歌德再次登临吉克汉山顶，发现当年题写的这首诗仍在壁上。他含泪诵读了诗的最后一句：稍待，你也将安息。是的，用不了多久，无论是怎样的喧哗、怎样的繁华，都会归于平静。只有平静是永恒。夜晚的山顶启示歌德进入恒在的安宁之海。

身为一名俗人，此刻站在山的最高处，想的却是：赶快在天黑前下山，搭上一辆回旅馆的公共汽车。然后，在明天，在明天以后的日子，穿行在道路与道路之间，成为那些站在高处的人悲悯的物象；或者，偶尔也爬上高处，成为那些仰望者的风景。

水之湄

“水哉，水哉！”沉思人忽叹
古代人的感情像流水，
积下了层叠的悲哀。

——卞之琳《水成岩》

人类原本是从水中而来。大海孕育了最初的细胞。我们曾经像鱼一样在水中遨游。因而，水与人类之间的关系也许比任何其他的自然元素更为紧密更为奇妙。虽然生命技术预示着一个无性生殖的时代可能来临，但是，到此刻为止，我们的生命还是来自子宫，来自暖湿的母体的海洋。生命的成长几乎片刻都离不开水的滋润，就像土地没有了水就会枯竭。所以，早期的人类总是择水而居。

人可以在水中，身体完全淹没在水中。人当然也可以在山中，但是，山并不能淹没我们。我们始终只能走在山路上。而水与我们之间却能彻底地肌肤相亲。我们在水中，身体全然敞开。在水的界域，就好像回到母体。有一个词叫作“水天一色”，不会游泳的人，会游泳而只在城市的游泳池里游来游去的人，很难理解这个词所意指的境界。当你浮游在江湖之中，仰望天空，会发现天与地像一个浩茫的整体包围着你。在此意义上，作为媒介的山与作为媒介的水有着深层的共同点：借视角的转换把人引向深邃与广阔，或者说，把人从日常的有限性中解放出来趋于终极的无限性。也就是说，它们自然地具有一种返回原初的功能。

更多的时候——尤其在现代——人与水的嬉戏并非通过畅游水中而完成，而是通过泛舟来完成。这个舟从前是木船，现在是轮船。在舟中，你观看的对象是两岸。与爬山不一样，在舟中，人不需要自己付出体力，只是随波逐流。所以，虽然泛舟与爬山一样，都让人从尘俗里抽身而出，在回望的距离中体验逍遥，但是，泛舟与爬山相比，是一种消极的回望，人把自己交给了一种外力，没有更高的目标，只是向前行进，或四处漂荡。如果说爬山是趋于伦理的，是一种合目的的理性行为，那么泛舟是趋于艺术的，是一种无目的的率性而为。

也许，可以更进一步说，在人的意识投射下的水这个整体的意象，所产生的增殖是趋于艺术的。在岸边俯瞰水的流动，孔子发出的感叹是：逝者如斯夫，不舍昼夜。这是一句最简单也是最复杂的话，一句最悲哀也是最喜悦的话，一句最无奈也是最有信心的话。时间这挥之不去的阴影，在水波的流转里获得了一种静止的意象。另有一次，孔子想去投奔晋国的赵简子，到了黄河边，听说赵简子杀了两位贤大夫，不禁心灰意冷，对着滔滔的河水感叹："美哉水，洋洋乎！丘之不济此，命也夫。"河水那么壮美，那么洋洋洒洒，个人的命运却如此不济，天命吧。临河而叹的身影，从孔子开始，遍布人类历史的每个时期。川流不息，意味着流逝，意味着永不重复，"人不可能两次踏进同一条河流"。因而，水流的激荡常常唤起人们的哀愁。"问君能有几多愁？恰似一江春水向东流"（李后主），"爱情消逝了像一江流逝的春水"（阿波里奈尔）……诸如此类的句子，人们反复吟诵了几千年。我最喜欢的是卞之琳的那句：还是这样好——寄流水。

当然，水之湄并非只有感伤的嗟叹。还有青春的激情与梦幻。那些窈窕淑女从河边走过，那些黄昏后的约会在杨柳依依的湖畔展开，那些夜幕下的柔情在空阔的海滨演绎……为什么年轻的爱情总是选择河边作为自己的舞台？

在风景区里 / 外

哪里没有风光景色呢？就如苏东坡所说的，“耳得之而为声，目遇之而成色，取之无禁，用之不竭，是造物者之无尽藏也”。我们无需付出任何钱财也毋需什么资格，就可以到处享受风景的美丽与奇妙。但是，“风景区”这个概念设定了一个界限，风景成了某个界限内的东西。既然有所谓的风景区，那么，必然有所谓的非风景区。人们要欣赏风景，就必须到风景区去。非常明显，“风景区”中的“风景”一词已经修改了这个词的本来意义。而这种修改几乎不露任何痕迹。人们广泛地接受了这样一个概念，而且，一旦有空闲就真的到风景区去寻找风景。他们当然不是自己去，而是花钱让旅行社带着去；即使他们自己去，也必须购买门票才能进入风景区。很清楚，“风景区”不是一个自然的产物，而是旅游业的产物，确切地说，是1841年英国人托马斯·库克开创了旅游业之后的产物。旅游业要不断地赢利，就必须为它自己制造一个特定的商品。这个商品就是风景区。

我感兴趣的是：风景区是如何建构起来的？风景是怎样被编入风景区里的？一个风景区必然有它独特的功能，否则，无法实现商业价值。大致上，风景区里的风景有三种元素：第一种是山水，或可称之为自然风景；第二类是遗迹，或可称之为人文风景，第三类是乐园，或可称之为人工风景。大多数风景区都是综合了这三种元素而成，只是有所偏重罢了。这三种风景元素在时空上都在我们的日常生活之外，都满足了人类“逃遁”“回返”之类的欲望。山水是空间上的另外一个“未受破坏的”“在人的意识”之外的世界，而遗迹是在时间上保持了当时面貌的形构，乐园则是想象的游戏。但无论哪种类型的风景，都包含着时空转换和意识投射这样的语法规则。或者说，所有风景区里的风景，都是在时间、空间这两个平面上，依据想象这个动词获得自己的身份与价值。

就山水而言，它的价值依赖于两个似乎是互相矛盾的准则之上，一方面，越是质朴、原始的山水，就越具有旅游价值，另一方面，越具有历史积淀的，越是经过了无数雕饰的山水，越具有旅游价值。因此，杭州西湖、桂林漓江与张家界、九寨沟同时是人们热衷的目标。前者已经是定型了的山水符号，而后者是近几十年开发出来的山水资源。山水之成为风景与文学文本之成为经典之间，有着不少可比性。从无名到有名，成为一个公共的阅读对象，在日积月累的阅读中像生命一样，不断地成长，不断地增添色泽与纹路。这个过程里的许多问题，足以让学院中的人写成很多文章与书籍，从而制造出许多博士、教授之类的产品。显然，教授、博士之类的产品相对容易脱颖而出。相比之下，要想从文本的海洋里脱颖而出，成为经典或风景，就显得非常不容易。这不是某个人或某些人可以控制的事情。如何从无处不在的文本海洋里脱颖而出呢？山水本身具有的形质当然是最基本的前提，凡是能够成为风景的山水，总是有它比较独特的在一般的地方看不到的视觉形象。“奇山异水”这个词中“奇”与“异”两个字，说明了山水晋升为风景的关键所在。但是，奇异只是条件，并非意味着奇异就必然成为风景。就好像并非只要是优秀的作品就必然能够成为经典一样。能否成为风景，能否成为经典，其实有着许多偶然性，例如时尚、机遇等等。是什么促成了风景的产生，与是什么促成了经典的产生一样，我不认为有一个什么统一的答案，甚至我对是否有答案持怀疑的态度。我想说的是，我们可以讨论某个具体的山水演变成风景的脉络，可以探讨某部作品经典化的历程，也可以挖掘某个富豪发达的轨迹，等等，但是，我们不可能得到如何成为风景、经典或富豪的普遍性法则。没有法则就是最终的法则。

让我们暂时搁置这个问题，回到山水。所有的山水风景在纳入风景区以前，都只是自然的景致，就在那里，那里的人们觉得一切本来如此。但是，在某一天，某个（些）外来者发现了这么一个地方，然后是开发商把它包装成了“风景”。然后，是一批又一批的人来观光、游玩。这些本来自然地生长着的山水现在在游客的目光里，不断地改换着自己的姿态。山水旅游的目的是回归自然，但是，一旦成为风景区，自然的风景就不再自然。人类为了追求“自然”，恰恰扼杀了自然。我们甚至可以说，正是风景区这样一个体系，不知不觉中谋杀了山水的生命，把山水改编成愉悦游客身心的特殊商品。在无数关于山水的离尘脱俗的洁净的华美言说里，布满了金钱的气味与琐屑的算计。

当代游客具有喜新不厌旧的倾向。一方面在符号化了的山水里印证某些已知的经验，例如，人们去杭州西湖游玩，那里的山水其实已经并不重要。重要的是：我已经去过杭州了。因为杭州是一个你应当去过的地方。另一方面，总是在寻找新的经验，总是涌动着占有童贞的欲望，于是，像张家界这样的风景区总是源源不绝地被开发出来。而山水一旦进入风景区，就只是一个符号，一个供人到此一游的符号。也许，在不久的将来，全世界的风景都会在风景区里，如果要到风景区外寻找风景，你必须要买票登上宇宙飞船去另外的星球。但用不了多久，太空旅游业会一个一个地把别的星球收编为自己的风景区。

乐园：游的乌托邦

乐园

模仿 / 虚构

造一个草原要一株苜蓿加一只蜜蜂
一株苜蓿，一只蜂，
再加一个梦。
要是蜜蜂少，
光靠梦也成。

——狄金森（Emily Dickinson）

我们习惯把旅游看成是回归自然，然而，实际上，今天人们上路，许多时候要去看的并非自然的东西，而恰恰是人工的东西，例如，每天有两三万游客去美国的迪士尼乐园，还有成千上万的人去中国深圳的世界之窗。显然，在当代的旅游领域，存在着一种人工的风景元素，似乎与山水、遗迹形成了微妙的相对关系。如果说，山水指涉的是自然，是某种在尘俗之外静静地屹立、流淌着的另一种空间，激发起我们回返原初的深层欲望；遗迹是穿过时间的壁而凝止了的另一种时间，满足了我们需要记忆的诉求；那么，这类人工风景指涉的又是什么呢？人们从中想要获得的是什么呢？或者说，人们花费金钱与精力大老远地去观看为的是什么呢？在我看来，理解此类风景元素最重要的一个关键词是：想象。是的，就是想象，淡化或虚化了时空边界的想象，营造了一个人间的乐园，人们置身其中可以陶醉或放纵。因此，我把这类通常被称为主题公园（theme park）的风景元素命名为“乐园”，人们为自己制造出来的寻欢作乐的场域。乐园的英文是paradise，意为天堂、伊甸园、极乐、至福等，指涉一个无忧无虑、实现愿望的自足空间。1583年丹麦的贝肯（Bakken）乐园据说是世界上最早的为游人设计的地上乐园。时至今日，我们的忧虑越来越多，压力越来越大，恐怖越来越随处可见，而全世界到处是各种各样的缤纷乐园，到处是梦幻的色彩和欢乐的海洋；就如同是人的心理疾病需要精神治疗，还是精神治疗一旦成为一种神话、一种习惯就催生了更多的心理疾病这个奇妙的问题一样，乐园与我们实际的生存状态之间，也构成了一种微妙的充满矛盾的关系。

诺瓦利斯说：“生活不是一场梦，但是可以成为一场梦。”在此意义上，我们可以说，乐园是人造的梦，与艺术尤其是电影有着深刻的类同性，我们上路去一个乐园式的风景点，难道不是与我们穿过喧闹的大街躲进

封闭的黑漆漆的电影院看一场电影非常相似吗?

山水或遗迹转换成为风景区里的风景，只要略加利用与改造就可以了，因为它们是客观存在的东西，而乐园却是制造出来的，依据想象(imagination)制造出来的。它的想象策略有两种，首先是模仿，其次是虚构。关于模仿，亚里士多德早就说过，模仿是人的天性，人们从模仿中获得快感。鲍桑葵用了“美在精神中的第二次诞生”这样一个短语来解释模仿一词。乐园式风景从开始到现在，模仿占着重要的地位。早期的公园，或中国的园林，模仿的主要对象是自然山水。而到了今天，几乎什么都可以成为模仿的对象，历史、民俗、地理、艺术等等。关于虚构，在此与模仿相对，区别在于它没有对象，凭空而来，是一种纯粹的想象(fancy),类似于寓言、童话、科幻或卡通片。虚构场景，常常是乐园制造狂欢气氛的主要手段。

无论模仿还是虚构，都是人的创造力的反映。因而，当我们在乐园中游弋，会如同在美术馆漫步，迷醉于奇思妙想。不同的是，美术、电影或诗歌、小说，都以极其浓缩的形式来完成模仿或虚构。比如，一部电影以不到两个小时的时间就可以经历几十年甚至几百年的时间。这是一种高度浓缩的想象，是意象化的模仿。

所以，你只能看，只能用心灵去介入。但是，乐园的想象常常是空间与时间的整体性移植。由于是移植，而非表现，因而，你可以亲历其间，你的身体可以介入其间。例如，在一个模拟古代城市的乐园式风景区里，游客真的可以在里面购物，吃喝，与身着古装的人交谈。再如，根据《红楼梦》而制作出来的“大观园”，让游客能够走进林黛玉的闺房、触摸史湘云醉卧过的石头。游客在游览的时候，仿佛在参与历史或小说，甚至可以改写某些事实与情节。但在阅读小说时，你只能根据文字想象。根本上，文学艺术模仿的不论是多么真实可见的东西，一旦成为文学艺术它就只是虚幻的东西，一种心灵性的形构；然而，乐园模拟的不论是多么虚幻的东西，一旦成为乐园，它就变成真实可见的东西，一种身体性的形构。

因而，乐园虽然称得上是广义的艺术品，具有与艺术品相似的审美功能，但它与艺术品相比，不只是观赏的对象，更是可以去生活去体验的真实场所，是梦想成真的所在。这可能正是乐园的魅力所在。就此而言，我们甚至可以说，乐园是网络虚拟世界的雏形。人们虚构了一个真实的世界。它是虚假的，因为它是建造出来的，它随时可以消失；它是真实的，因为你真的能够身处其间，而且像在日常生活里那样行动，却又完全不受日常中的各种界限束缚，你在乐园里，在一个封闭的空间，在它的内部，你可以飞翔，没有边界。

迪士尼乐园（Disneyland）

> 在愿望还可以成为现实的古代，有一个国王，他有几个女儿，都生得很美丽，最小的女儿尤其生得美丽。
>
> ——《青蛙王子或铁亨利》

我有一个梦想，马丁·路德·金说。谁没有一个梦想呢？谁没有经历过在冬天的炉火旁或夏天的星空下做梦的年龄呢？我现在仍然清晰地记得，一个女孩子在舞台上朗读白雪公主这个童话故事时窗外风吹过树叶的声音。那时，与我同桌的残疾女孩子，每天拄着拐杖来上学，一步一步地爬上楼梯。她坐在我的身边，白皙的两颊渗出淡淡的汗珠。我看到她的每一个练习本上都有一个像是在空中飞翔的女孩子，她说这是在体育课时画的。很多年后，我在另一个城市看到一个陌生的失明的女孩子，在一张白纸上笨拙地画了一个似乎在发光的太阳。

一个女同学从美国发来的电邮：上个星期天带了孩子去迪士尼乐园，那是美国的孩子们最喜欢去的地方。时光在这突如其来的信息里，一下子就过去了20多年。我的孩子和她的妈妈正在看米老鼠的动画片，不时地传来咯咯的笑声。

一切都始于一只老鼠。这好像是沃尔特·迪士尼自己说的。1928年，某个烦闷的午后，那只老鼠刹那间从迪士尼的心头跳荡而出。据说那时候迪士尼的工作正面临很大的危机，有人用“世界末日”来形容他那时的状态。但是，就在纽约到堪萨斯老家的火车上，神奇的灵感降临，一只老鼠的形象变得清晰。然后，也许连他自己都没有预料到，这只老鼠改变了他的命运，也改变了无数人的生活。正应了一句老话：最绝望的时候常常是最有希望的时候。同时，也显现了想象力的伟大，一个念头，甚或一个古怪的念头，就可能创造出一种新的生活，一个新的世界。然后，就有了一系列大家所熟知的事件，一部接一部的有关米老鼠的电影上映，一项又一项荣誉落在迪士尼的头上，当然，随之而来的是财富。迪士尼被认为是创造了一种新的语言的艺术家，同时又是经营有方的制片人。1953年，迪士尼拍摄的《沙漠奇观》

获得奥斯卡最佳长片纪录片奖。

于是，他又有了一个新的念头，他要在洛杉矶的制片厂旁边建立一个迪士尼幻境园，一个充满幻想的游乐园。进入这个园子，人们能够忘掉工作、烦恼、压力，忘掉城市空间里的一切局促与污浊。这是迪士尼最初的动机。但是他的方案在市政会没有通过。于是，他在距离洛杉矶 27 英里的阿纳海姆买了 160 英亩的柑橘园，用来建造幻境园。1954 年，推出了以《迪士尼乐园》为名的电视节目。据说由于美国广播公司认为幻境园这个名称过于夸张，迪士尼才把它改成较为平实的“land”一词，意思为“土地、领域、王国”等。在“land”的前面加上“Disney”这个人名，意味着这是迪士尼个人创造出来的王国，为自己更是为大众创造出来的王国。1955 年，迪士尼乐园正式建成，一个梦想变成了现实。1971 年，在美国奥兰多，一个更大面积的“迪士尼世界”（Walt Disney World）诞生。接着，迪士尼的王国拓展到海外，例如法国、日本。2005 年，它出现在中国的香港。似乎像麦当劳一样，可以在全球不断地繁殖，不同的是它的繁殖不像连锁店那样迅速，而要经过漫长的时间，需要大量的金钱与人力。

显而易见，迪士尼展示了一种不同于以往任何风景名胜的特质，或者说，它给予人们一种全新的娱乐方式。最核心的特质是，作为一种风景，作为一种人们刻意上路去寻找的风景，它并非自然的产物，而是一种源于个人灵感的想象物。在整个 20 世纪我还想不出第二个例子如同这个想象物一样，如此完美地诠释了“梦想成真”这个词。对于迪士尼个人而言，他从一个平凡的人、一无所有的人成为一个名人、杰出的艺术家、拥有庞大企业的资本家，是典型的、大众所爱看的大团圆故事。更重要的在于，它确实把人们的梦想，把本来不可触摸的梦想变成有形的可以触摸的实体。迪士尼抓住的是人们最单纯的梦想，是积淀在童话与民间故事里的梦想。迪士尼乐园的主体就是灰姑娘城堡。“灰姑娘”这个名词几乎与“梦想成真”同义。乐园内分布着 8 个主题园区：美国大街、冒险乐园、新奥尔良广场、万物家园、荒野地带、欢乐园、米奇童话城、未来世界。这种结构就像意识流小说的风格。时间与空间可以错乱而和谐地并存，我们从几百年前的西部，可以一下子就到达未来，现实的街境拐一个弯就可以遇到童话或卡通里的人物。这是一个拆除了边界的世界。我们在其间漫游，真正回到了童真时代，所面对的是一个童真时代所幻想的完美世界。在这个世界里，善恶分明，且善总会赢得最终的胜利。一切都非常单纯，洋溢着天真的气象。

因而，朱迪·亚当斯说："至善至美的迪士尼世界已代替了《圣经》中的伊甸园，成了美国人眼中的天堂。"沃尔特·迪士尼自己则说："它（迪士尼乐园）所带给你的将全部是快乐的回忆，无论什么时候。"我想说的是，迪士尼带给我们的是单纯的快乐，因着单纯的幻想而产生的快乐。我们到迪士尼乐园，其实与徜徉山水一样，也是一种回返，回返到人类的童年时代。或者说，它们都唤起了我们内心最深层的记忆。只不过山水唤起的，是我们最初那种自然的生存状态，而迪士尼乐园唤起的，是我们最初看待（或想象）世界的方式，以及我们最本原的关于善、关于美的信念。

因此，虽然明知迪士尼乐园是商业运作的产物，我却并不想作这方面的解读。我愿意与所有的孩子一样，与所有生活在压力下的人们一样，面对或进入迪士尼乐园，只是单纯地快乐，为快乐而快乐。但是，在那个时刻，浮现在我脑海里的，是那位残疾的女同学，想起她望着窗外的眼神，那种快乐仿佛有着很悲哀的底色。

世界之窗

> 然而，可以肯定，对于符号胜过实物、摹本胜过原本、表象胜过现实、现象胜过本质的现在这个时代……只有幻象才是神圣的，而真理，反而被认为是非神圣的。
>
> ——费尔巴哈《基督教的本质》二版序言

“世界之窗”不在别处，就在深圳，在深圳的一条主干道边。因此，先让我们来谈谈深圳。这座奇怪的城市，没有历史，没有名胜，没有……但是每天有许多人从中国的内地（这是华南地区尤其是香港的中国人对广东以外的中国地区的称谓，似乎与北京人的“外省”一词有类比性）来到深圳旅游观光。近 20 年前，我们许多人都把深圳读成“深川”，对深圳充满向往，但更多的是疑虑。然后，似乎在一夜之间，深圳成了中国最著名的城市，或者说，最富有活力的城市。这座城市几乎平地而起，是意识形态的产物，或者说，是一个伟人构思的产物。它是一座实验性的城市，指示着中国未来的方向。“特区”这个命名意味着：在此地，你可以做在中国别的地方无法做的事。因而，深圳不是一个可以随便进入的地方，需要“通行证”。从20世纪80年代到90年代初，深圳这个地名沉淀着中国人的梦想与希望。无论谁，一旦到达深圳，就是与过去告别，除了对财富的强烈信念，对未知未来的强烈憧憬，一无所有。深圳是梦想之城，是乐园式的城市，遥遥地指向一个迷蒙而美好的未来。期盼的兴奋与失落的茫然，交织在这座城市的每一种氛围里。那时候，许多人费尽周折弄到一张通行证，到深圳，为的是看深圳的大街、高楼、商场。他们看到的是他们未来的生活。但是，90年代中期以后，深圳式的大街、高楼、商场，在全国其他的城市遍地开花。短短几年，深圳就从中心再次向边缘移动，那几年的辉煌好像已经成为历史，浮动而落寞的空气里似乎也有了一点点怀旧的气息。

然而，仍有越来越多的人到深圳去旅游，他们能够看到什么呢？他们看到的是现代化潮流激荡之后的沉静，以及欲望燃烧过后的平淡。当然，人们大概不会在意这一些，他们感兴趣的是世界之窗诸如此类的风景点。正是这些风景点，吸引许多游客把深圳作为一个目的地。

没有历史没有记忆的深圳制造了一系列的乐园式风

景，把中国的或中国以外的遗产以幻想的甚至卡通的形式嵌入自己的血脉。深圳是中国主题公园的发源地，锦绣中华、中国民俗文化村、世界之窗、欢乐谷、未来时代、香蜜湖水上世界、香蜜湖娱乐城、青青世界、小梅沙海洋公园等一系列乐园式的风景区，在 1989 年至 1999 年的十年间相继建成，投资都在 1 亿元以上，其中世界之窗更是耗资 8 亿元。如此巨资可以建许多个希望小学，可以资助许多下岗工人，却用来建造一个游乐的园子，有多少合理性呢？而更值得讨论的是，无数的游客为何自愿购买昂贵的门票为的只是去浏览那些模拟的风景？

在我看来，深圳几个最出色的主题公园隐含着与这个城市非常一致的基本主题：中国的崛起。而这个主题恰恰是 1980 年代以来中国的时代主题：对国家而言，是要成为世界强国；对个人而言，是要成为成功者。无论国家还是个人，都面临着一种新的转型，都渴求着在转折中获得新的身份。追求成功与确定身份所引起的焦虑，在锦绣中华、世界之窗这样的乐园里，被一种乌托邦式的狂欢形构消解得一干二净，而乐园中的布局，处处抒发着中国人内在的民族主义激情。“锦绣中华”这个名词本身透露了以下信息：改写或重构历史的企图，“锦绣”一词抚平了近现代中国历史的斑斑血泪，凸现了一个华美精致的中国形象，而“中华”一词黏合了近现代中国分离的阴影，营造了一种全球华人同根同心的庄严而热烈的气氛。事实上，回荡在 20 世纪 90 年代中国社会文化中的民族主义话语，大大缩窄了政治、艺术、市场之间的鸿沟，在许多时候这三者各怀鬼胎却在外表上显出惊人的默契。锦绣中华与世界之窗正是旅游文化中融合了意识形态、艺术实验、市场操控三角因素而制造出来的典范文本。

仍然从词语开始。世界之窗是世界的窗口还是窗口里的世界？这个问题并不重要，重要的是世界这个词。《辞海》把“全地球所有地方”作为“世界”的含义。但在中国的语境里，这是一个歧义迭出的词，大学里的“世界文学”并不包括中国，所谓的“世界华文文学”也不包括中国，“让中国走向世界”一度是流行的口号。中国难道在世界之外？有意无意地，中国人往往把自己置身于世界之外，这既骄傲得可以，也自卑得彻底。“中华”与“世界”两个词构成了理解当代中国的关键词，它们的相互纠缠包藏着深层的中国欲望以及对西方的想象。

即使在世界之窗，中国（中华）仍是突出的基点。有意思的是，在世界之窗，中国只出现在世界广场，一个既是进口又是出口的所在，旅行开始之处又是终结之处，“一个可容纳万人的露天博物馆式的大剧场，四周有六道城门象征六个文明发祥地：印度、中国、伊斯兰、巴比伦、埃及和美洲，门与门之间的浮雕巨墙高 10 米、长 200 米，展现千万年的人类文明史。108 根世界廊柱沿墙傲然耸立，象征人类文明的支柱。广场前方有维纳斯、大卫、唐神王、非洲母与子等十尊雕像迎送宾客。华灯初上之时，世界广场烟花争艳，五洲歌舞团的演出美轮美奂，缤纷撩人”（出自世界之窗宣传资料上的简介）。在此，中国作为文明的发源地屹立。同时，“中华门”是整个景区的入口，据宣传资料上说，这意味着“从中国走向世界”。也许，更确切的解读是，这意味着世界之窗里的世界是中国所建构起来的世界。

世界现在处于改革开放之都深圳之中了。它不在我们之外，而在我们之中。我第一次漫游世界之窗时，首先想到的一个问题是：一个美国人或法国人在这里看到模拟的白宫或埃菲尔铁塔，会是怎样的一种心情？但后来数次去世界之窗，都没有见到外国人。也许，这只是供中国人观看的“世界”。我让自己以一个纯粹的中国人的心态在世界之窗里穿越。我发现了许多难以觉察到的微妙的乐趣，觉得那门票物有所值。就在我写这些文字的时候，外面客厅里的电视机传来一阵歌声，几句歌词飘进耳朵："万众一心冲冲冲，说定了你别让我等太久，冲过去你的脚下是地球。"那种热闹与喜庆的调子就好像当年中国足球队赢了哥斯达黎加一样。当然，此时此刻，我关心的并非中国足球队的输赢，这只是体育罢了。我想要说的是，当你进入世界之窗，你无需花费什么力气，地球就在你的脚下了。你进入了一个微型的国度。即使像埃菲尔铁塔，看起来好像真的一样，但仍是缩小了的。至于其他的景物，则完全是微型的。你走过美国，走过非洲，走过欧洲……这些与我们相距十分遥远似乎遥不可及的地方，现在就在你的脚下，你俯视着它们，你好像是小人国里的巨人。这些你在现实中很难自由来往的区域，此刻在你的脚下，没有了任何防线，你随心所欲地来来往往。世界在我们的掌握之中。

关于世界之窗的宣传资料上还有这样一段话："在远古的巴比伦，传说人类会齐心协力铸造通往天国的高塔，上帝害怕了，便制造了不同的语言，令人们相互隔阂、各自为政，但假如上帝降临世界之窗，他会不会为人类的欢乐祥和而深深感动呢？"上帝——假如有上帝的话——当然会感动，只是上帝不用害怕，这样的世界只能局限在世界之窗之内，并不能取代他的世界。上帝所创造的世界呢，正在打仗，正在为贸易或别的什么事没完没了地谈判……这一切，当然不会出现在世界之窗，在此地，一切都被过滤成明快的、特点鲜明的文化标识，相互和谐地并列在一起，构成了一个彼此可以抵达的圆形结构。在游客的眼光之中和脚步之下，世界之窗里的世界将变得越来越完美，而我们所身处的世界，在它的比照之下，也许变得越来越千疮百孔。

赌场

俗艳的偶像有圣徒和救世主，
并列的教堂、妓寨可以确证，
信仰能把天赋的行为饶恕。

——奥登《澳门（1938 年 12 月）》

禁忌造成了两类乐园式的风景：赌场与妓院。赌博与色情都源于深刻的本能力量。争斗和性欲不可回避，唯其不可回避，必须成为禁忌才得以存在。现代旅游业从这两个禁忌中获益良多。至于拉斯维加斯、蒙地卡罗、大西洋城、澳门这些地方，赌博显然是吸引游客的主要因素。在这些地方，一个又一个的赌场像宫殿一样，你一旦进去，就受到致命的诱惑。例如，拉斯维加斯是在沙漠里建造起来的梦幻之都。来自世界各地的游客或赌徒总是在荒凉的旷野驱车奔驰很久以后才突然发现前方灯火辉煌，那就是拉斯维加斯，一座不夜城，像海市蜃楼一样。那里的赌场不仅仅是赌场，而是真正的乐园。在赌博之外，还包含着别的娱乐，尤其是性欲的娱乐。夜总会、艳舞、桑拿、酒吧、各种豪华酒店，环绕在赌场之外，或置身于赌场之中。所以，乐园式的赌场是包含了妓院在内的综合性娱乐世界。

与迪士尼乐园之类的乐园一样，赌场也是人工的制作，为着某种幻想而制作的迷宫式的另一世界；但是，不一样的是，赌场满足的是人性中最本能也最具破坏性的欲望。这些欲望在日常生活里被视为非法，只能无声地潜伏在意识的底层。然而，赌场赋予了它们合法的形式。在赌场，你可以放纵你内心的呼喊。酒吧、迪斯科、夜总会之类也具备如此的释放功能，让压抑的力量在适当的封闭空间里流溢而出。但是，相比之下，赌场是最富狂暴色彩的。赌场里的放纵不像在夜总会，只是游戏，酒精一旦消退，就仿佛什么也没有发生过，一切照常。赌场里的赌博以游戏的耀眼色彩让人心醉神迷，却可以

真正地摧毁一个人。一个一无所有的人在刹那之间成为百万富翁,或者一个百万富翁在顷刻之间变得一无所有。绝大部分时候发生的是后一种情况。

这是赌场的危险之处，但也恰恰是赌场的魅力所在。赌场里的赌徒无非两类: 因为钱太多觉得无聊而赌，因为钱太少梦想发达而赌。无论哪一种，只要在赌台上坐下，开始在几个数字里纠缠，他们都会忘掉输赢，而只关注过程。赌博的乐趣确实就在过程。一个接一个的不可预知的片刻，为赌徒也为周围的看客带来了无法言说的紧张，因为紧张，一切的世事远离而去，心与眼睛一样，只专注于眼前的那几张牌。同时，一个接一个的片刻，随着几张牌的翻动，得与失也在不停地转换。一下子得到，一下子又失去，而最终，绝大多数的赌徒都会空无所有地回家。期待奇迹，构成了赌场里最核心的心理氛围。你不知道下一刻会发生什么，在瞬间因着一个小小的细节，什么都改变了。命运、神秘、巧合等等，在赌场里得到最好的诠释。而哪个人的一生，不是一场赌博呢? 赌博无非把漫长的一生，浓缩在几个小时或几天之中。除了赌博，有什么样的游戏，能够让我们在短暂的时间内体验到人生最深奥的秘密呢? 所以，真正的赌徒在彻底输完后走出赌场，在悲伤悔恨的同时，更多的是如释重负：终于结束了，又回到了最初一无所有的状态。

所以，《一个女人一生中的二十四小时》这篇小说，在我的记忆里，背景始终是赌场。只有在赌场里，在充满了渴望、奇迹、欲望、邂逅、偶然的所在，二十四小时才可能成为我们一生中独一无二的二十四小时，才可能成为铭刻了我们一生大欢喜与大悲哀的二十四小时。于是，那个名叫本恩的男人来到了拉斯维加斯，“我想搬到拉斯维加斯去……那儿的酒吧从不关门”，他不是为了赌博，也不是为了观看，而是要在那里挥霍。然后，他就遇到了塞拉，一个妓女，一个酒鬼与妓女的爱情就这样在赌城一发不可收，当然，不可能有完满的结局：在最盼望奇迹的地方没有奇迹发生。其中的一段对话：“本恩……我一直在找你……”“我想见你……我想见你……你是我的天使。”“你知道我是爱你的……知道吗？”“是的。”……

这只是一部美国电影，叫作《远离拉斯维加斯》。本恩最后以死亡的方式结束了本来无法结束的爱情故事，更重要的是，离开了拉斯维加斯。我在看这部电影的时候，极力回忆自己曾经在澳门或马来西亚的赌场游荡以后，每一次是以怎样的方式离开的——是否已经真正离开了呢？而当有一天我在赌场里徘徊，看着面前流动着的五官，四周华美的色彩，我会想起那个名叫本恩的人，然后，算计着，将以怎样的方式走出去。

园林

一亭一池，一楼一阁，一台一榭，一廊一柱，一栏一槛，一花一木，皆主人经营部署，出人意表之旨趣焉。

——郑板桥《梅庄记》

在我童年的时候，江南的城镇到处是废弃的园子。从墙外走过，里面的风轻轻越过墙上的藤蔓，拂在我们的脸上，整个空气都好像古典起来。我想就是从那些个瞬间开始，我迷恋起唐宋诗词里的许多句子。不过，此时此刻，那些句子已经随风而逝，就像那些园子，要么消失无踪，要么修葺一新，成为一个景点。我所记得的园子现在只留存在戴望舒写的那首诗里：五月的园子，/已花繁叶满了，/浓荫里却静无鸟喧。//小径已铺满苔藓，/而篱门的锁也锈了——/主人却在迢遥的太阳下。//在迢遥的太阳下，/ 也有璀璨的园林吗？ // 陌生人在篱边探首，/ 空想着天外的主人。

园林本是私密的所在。如果说迪士尼、世界之窗之类是为大众制造的乐园，那么，园林只是为自己制造的乐园。园林只有作为私家花园存在的时候才具有乐园的功能，一旦变成公共场所，它相对狭小的空间和过于精致的形构都不可能对游客发生什么乐园式的作用。所以，几乎大多数的游客都觉得园林没有什么意思。其实，并非园林没有什么意思，而是你以游客的身份出现在园林里不会有什么意思。因此，园林不是严格意义上的乐园式风景，她更多的是遗迹式的风景。也许换一种说法，园林介于两者之间。

一砖一瓦之间，布满时间的沧桑，园林引发我们怀古的幽思，因而，她是一种遗迹。而其中的每个细节，都是主人精心部署，依据着自己的理想设计而成，她又是一个乐园。园林之乐，首先表现在：于俗世里营造了另一逍遥境界。每一座园林似乎都缘起于繁华过后的落寞心情，或多或少隐含着归隐田园的旨趣。因而，园林里的自得其乐，实际上隐隐地浮动着寂寞无奈的气息。其次，园林之乐，还在于它为情欲的展开提供了秘密的空间，有它灿烂的、生动的一面，古典中国最诱人的情欲想象，几乎都是以园林作为一个舞台。《红楼梦》与《金瓶梅》是两个极端，大观园以青春乌托邦的形式散发出华美的悲哀，而西门庆在园林式的住宅里建造了一个淫逸的官能乌托邦，似乎都隐含着香艳的乐趣。至于明清小说里，男女的身体在园林的阴翳处相互纠缠的姿势，充满了雅致的疯狂。

然而，无论如何，园林的本质仍是寂静而落寞。她的色泽就是落日余晖的色泽。园林里的故事应当在月色里徐徐展开，若有若无。那一块太湖石或那一朵逸出墙外的花朵，在阳光里以暧昧的纹路年复一年地叙述着关于从前或夜晚的故事。

遗迹：在从前

遗迹

记忆

如何与你谈论遗迹与记忆呢？公寓里的现代生活只有当前，没有过去，没有过去遗留的痕迹。就像张爱玲晚年生活的房间，一片雪白的墙壁，一片空白。你的房间里充满了物件，从电器到木器，从服装到装饰，等等。然而，这些物件只是空白，无论多么精致，却缺乏叙述往事的纹路，因而，没有生命的质感。现代的生活节奏与消费理念，让家里的物件越来越失去个人性的印记。在公寓里的家怀旧、回忆，几乎是一种不可能，在某种程度上，公寓里的家整个的结构与物的分布，就是对怀旧、回忆的颠覆。你在此间感受到的是当下的形质以及由此而来的满足或渴望。坐在一张椅子里，在正午或黄昏，安详或平静地，让记忆像溪流一样在你四周流溢，那只能是在从前，在从前的古典的住宅里。

在古典的住宅，前院、后花园、厢房、天井、楼上楼下……构成了曲折的情节。更重要的是，古典住宅里布满了遗迹，或者说，它大部分的物件都带有历史的气息。雕花的床、碗筷、橱柜等等，年代久远，留存着你先辈的气息。借助这些物件，你出生之前的历史在你的记忆里延伸。同时，这些物件赋予你一种深刻的背景，你生活在源流之中，你并非凭空而来；当然，也给予你一种阴影，一种无处不在的往事的阴影。

在公寓里，一切物与物之间，尽是透明的转折，尽是眼前的一晃而过。然而，我们仍然需要记忆。于是，我们要上路，去看那些遗迹。我们去博物馆，去看那些古物；我们去原始人的遗址或文明进化中的遗址，看那些化石或种种质地不同、形状各异的器具；我们去名人故居，看历史人物在舞台后的秘密；我们去各种古旧的工程或建筑物，从它们斑驳的墙上聆听时光的回声……所有这些遗迹，回应的都是波得里亚所说的："见证、回忆、怀旧、逃避"。速度与消费把一切的过去迅速湮灭，而作为旅游对象的遗迹却增多。确切地说，家庭里个人的遗迹越来越少，但公共的遗迹越来越多，翻开报纸：这里发现了一个古城，那里挖掘出了古址，这里修复了谁的旧居，那里复原了哪个朝代的园子。我们在空落的公寓里忙着每天的生活，疲劳、厌倦，电视、网络、音响、速冻食品，某种牌子的家具、服装，等等，占据了你的心与眼。划一的、整齐的，你能从你的音响上，就像曾经从你父母的老房子里那台老式的木制收音机上一样，闻到某些往事的气息吗？音响或其他的物品环绕我们，但它们光洁的外表和短暂的使用期，不让记忆停留，因而，它们在我们身边，却与我们无关。需要记忆的我们，仍要上路，去游览那些公共的遗迹，重构记忆的感觉。

一种区分已经出现：个人的遗迹与公共的遗迹。个人的遗迹基于个人的经历，而公共的遗迹基于集体的经历。前者唤起的是个人记忆，后者唤起的是集体记忆。一个问题也已经出现：我们何以需要记忆？记忆意味着保存、留住，它的反面是遗忘、湮灭。于是，最关键的词语出现了：时间。记忆与遗忘正是时间的两种后果。如果没有时间，没有时间的消失，没有遗忘与湮灭，我们还需要记忆吗？记忆显现了一种努力，一种在时间宿命般的流逝里企图永恒的努力。时间给我们带来恐惧、不安，记忆却给了我们信心、安宁。当记忆涌现，我们感到时间并不能毁灭一切。在时间之外，记忆像星空一样深邃与浩瀚。

记忆的困难在于如何越过个人的界限，流水般地在历史的长河里流淌。凭借大脑我们就可以记住个人生命中的许多往事，但这种记忆随着个体生命的消亡而消亡。如果要保有这种记忆，我们可以借助口口相传、文字、绘画等手段，把个人的经验变成一种历史的集体的记忆。《红楼梦》的故事基于曹雪芹的个人经验，如果没有文字，这个故事将随着曹雪芹的死去而长埋地下。那么，遗迹是否也是一种记忆的手段呢？又一种区分已经出现：自然的遗迹与记号的遗迹。一所老房子，如果它仍然作为房子而存在，那么，它就是自然的遗迹，如果它不再具有房子的功能，而是作为一个风景点专门供人观看而存在，那么，它就变成了记号的遗迹。例如，南京的乌衣巷，作为民居存在的时候，它是普通的民房，只不过积淀着历史的回音；当它作为一个景点存在的时候，它与我们当下的日常分离，成为一个记号，一个记忆历史的记号。记号的遗迹是记忆的手段，然而，自然的遗迹并非手段，而是记忆本身。自然的遗迹引发更多的感触。还是在乌衣巷，从前的达官贵人居住之地，现在成了寻常百姓的住宅，生的无常全部蕴涵于“物在人非”的场景。但当我们站在作为景点的乌衣巷前，精致的修复去掉了时间的痕迹，我们看到的只是一个记号，提醒我们曾经有过的催生了一首名诗的所在。作为风景点的乌衣巷所铭刻的记忆，只是一个空洞的记号，一个提炼而成的记号，为记忆而记忆。

无论哪一种遗迹，都颠倒了时间的顺序，而根本上，是淡化了时间的存在。当我们在城市里，穿行于街道与街道之间，突然在现代化的千篇一律的楼群里，邂逅一栋古旧的建筑物，仿佛一下子沉入流动之河的深处，有张爱玲说的“天荒地老”的茫然。即使在一个最现代化的城市，我们仍然能够从那些分布在不同街道的遗迹里，拼凑出这座城市的历史脉络。小至个人，大至国家、种族，乃至全人类，在口传的、文字的、图像的历史之外，还有遗迹的历史。就像周作人说的，总有一些什么东西会留下来，哪怕只是一点痕迹。留下来的一切，都在记忆里回荡，一代又一代。德里达的信念是：“只要印记留着，我们就能保存对事物的记忆和知识，我们就能确切无误地谈论它们。”遗迹就是这样的印记。所以，无论个人还是种族，都花了不少精力与时间保存遗迹，一方面不断地发掘遗迹，另一方面，对已有的遗迹不断修补。只要遗迹还在，那逝去的就仿佛还在。是一种不屈的姿势，在时间里，遗迹的在场，永远在暗示一种无限的记忆。

现场

塞林格《麦田里的守望者》开头说："你要是真想听我讲……"接下去他讲的，都是记忆中的事件。有人说，这段开头营造了一种氛围，一种回忆的氛围。这里用"氛围"这个词也许并不确切。在我看来，文字的魅力在于语调，而遗迹的魅力在于氛围。当你置身于遗迹之中，氛围就开始浮现。因为遗迹把我们带到了现场。文字、图像、歌谣都是一种保存和记忆，然而，与遗迹相比，它们的保存和记忆是追溯式的，是真正的回忆。遗迹不需要追溯和回忆，它本身就是现场。因而，遗迹的记忆是一种见证式的记忆，一种氛围式的记忆。它以氛围来唤起记忆。

遗迹的见证只是物的见证，不能像人的见证那样，可以发出声音，可以向别人讲述。遗迹本身永远沉默。人与事永远地消失，那些墙壁、那些器具、那些树木……却仍然静默地看着世事如梦。无声中，只有氛围。所有的遗迹，都浮动着独特的氛围，独特的时间氛围。在罗马斗技场或北京故宫，物的质地、样式等等，一下子就有一种氛围，让我们回到古代。在许多遗迹的现场，时间并不确切，那种氛围只是指示着一个渺远的从前。物是确切的、具体的，而细节是模糊的甚至是空白的，遗迹的氛围就在清晰与晦暗的两极徐徐弥漫。

如此明确的物之所以变得晦涩，是因为在其之上层叠了许许多多时间的尘埃以及太多的事件的回响。那一块砖、一只陶制的碗或一张椅子，等等，现在不再是一块砖、一只碗或一张椅子，而是一种活的东西。或者说，在它们的表面，凝聚了生命的气息，积淀着岁月的划痕。遗迹以无声之声细诉一切被掩埋了的五官与心情，只可意会，不可言传。因而，我们在游览遗迹的时候，一般都会放慢脚步，降低语音，以一种近于静默的姿态来观看那些古旧的事物；只有在静默之中，我们才能听懂氛围的无声言说，也只有在静默之中，我们仿佛可以不去打扰那已经成为历史的一切，让他们静静地在时间之外定格于那一瞬间。

此刻你浸淫于那一瞬间的氛围。所有的遗迹都显示了“刹那即永恒”的伟大哲理，与绘画的技艺相通：着眼于最饱满、最富有张力的那一时刻。你所看到的，是静态的摆设，某一时刻的特定状态。那一时刻，时间停止了。那一种样子成了凝止的雕塑。当你静静地在那样一种瞬间凝神驻足，不仅仅回到了历史，回到了源头，而且，触摸到了永恒的形状。有什么比遗迹更让我们感到悲哀，同时又让我们感到喜悦？也许只有天空吧。

线索

布满了隙缝，在各种各样的遗迹。风吹过，发出谜样的回声。在时间的隙缝，有多少事件与面影成了无法回溯的秘密？游览遗迹，有点像阅读侦探小说。一段又一段的线索在你的眼前，一段又一段喑哑的开头与结尾，在游人喧闹的来来去去里年复一年地悬置着。

谋杀者
埋藏一双手套
在塔下并将
受害者最后的惊恐
以及守塔老人的背影
塞进砖与砖的空隙

一万年前

一万年后

仰望古塔的游人们
在阳光的阴影下
收割一片喑哑的时间
并从斑驳的墙上
印证自己的形象

还有考古学家在摹想着岁月的五官

一万年前
一万年后

那些窥视的眼睛飘浮在塔的四周
你从塔内
你从塔外
只有塔的投影
你无法触及

还有谋杀者在构想着生命的线索

这是整整30年前我自己写的一首歪诗，名为《时间传奇》，刊登在《创世纪》1992年秋季号上。之所以重新抄录下来，是因为这首诗包含了我最初对遗迹的思索。1995年我以“记忆”与“遗忘”两个词延续了这种思考，结果是《记忆与遗忘》这篇学术短文，讨论两首关于古城洛阳的诗。在此后的很多年，这条线索中断了。直到2001年，我以“江南”为名，寻找某些散失的记忆，一个古塔再次跃入脑际，于是，又有了这样一段文字：“中学的后门就是全国唯一的塔中塔——飞英塔。那时候沦落为一片荒地，塔身长满青苔与野生植物，古旧的石碑散落一地。我与一个同学经常在课余去那儿用白纸覆在石碑上，用铅笔涂抹，将碑上的字拓印下来。那是一些稀奇古怪的字词，即使现在，我仍不大能读懂。每次黄昏时分在飞英塔下徘徊，总想着塔里面隐藏着一些秘密，例如关于一件谋杀案的秘密。现在的飞英塔已经成为一个精美的公园，进到里面，却似乎没有了那种遐想的气氛。”

这段文字把我带回从前的那首诗。同时，也把一个缠绕我许多年的问题再次提出：遗迹的修复是保存了记忆，还是加速了遗忘？在记忆与遗忘之间，遗迹到底以怎样的线索引导我们记住一些什么或遗忘一些什么？难道就像婚姻往往意味着爱情的终结一样，一旦成为风景区，遗迹也就丧失了韵味流溢的记忆，而只是一个供人观看的简单记号？

事实上，不管怎样的遗迹，线索总是引人入胜。遗迹的魅力正在于它向我们敞开无数细节。宏大的历史或传奇，在如此细微生动的线索中，再次复活了它们本来的质感。你在落日里孤独凝视，或在讲解员的抑扬顿挫里顾目四盼，飞翔着的是那些故事与意象，但是，谁能说出那些故事与意象呢？

化石

面前是一块狼鳍鱼化石，一位东北的朋友送的。朋友在包裹它的信封上写着：1 亿 5000 万年前，产于中国北方，晚期侏罗纪。另有一块化石静静地躺在抽屉里，是巴西的朋友送的。没有任何说明，只有一尾小鱼的印迹清晰可见。在我的手上，似乎没有什么分量的这么一块石头，难道真的凝聚了 1 亿 5000 万年的时光？我拿着的，难道是 1 亿 5000 万年的岁月？漫长的、无形的、永不停留的时间，现在变得如此平静、如此安详、如此易于把握。显然，因为化石，因为一切的遗迹，时间成为一种空间的形构。

化石并非我们通常所说的石头。“化石”的英文fossil由拉丁文fossilis演化而来，意为“被挖掘出的”，指埋藏在地下的东西，例如石化动物或植物残体、岩石、矿石和人工制品如铸币、铁器、铜器等等。这个词现在专指由于自然作用而保存于地层中的古生物的遗体或遗迹。韦尔斯在《世界史纲》里描述了化石的历史：“公元前六世纪爱奥尼亚的希腊人已经知道化石。公元前三世纪埃腊托斯特纳和其他人曾在亚历山大城讨论过化石，这次讨论被总结在斯特拉本所著的《地理学》（？公元前20—10年）一书里。拉丁诗人奥维德也知道化石，但是他不明白它的性质。他认为这些是造物者最初试制的粗糙成品。阿拉伯作家在十世纪也注意到化石。列奥纳多·达·芬奇（1452—1519），活到十六世纪初期，是最先领会化石真实意义的欧洲人之一。”

“化石”这个词对于我而言，与“星空”一样，意味着一个无限广大的秘密存在。一个在我们脚下，一个在我们头顶。一个属于大地，一个属于天空。大地如同母体，天空如同方向。大地集合起一系列的概念：开始、源流、传统、孕育、连贯等等。由天空召唤在一起的概念则有：结局、未来、可能、未知、断裂等等。由此，考古学与天文学的意义昭然若揭：编织一部统一的人类历史。就后者而言，一个核心的问题萦绕在无数的望远镜里：人类或地球何时终结？或：我们还能够走多远？我们经常看到科学家关于结局的描述，例如，20 多年前一则报道说，太空专家警告一颗巨型的小行星可能在 17 年后，即 2019 年 2 月 1 日正面撞击地球。当然，立即有另外的科学家出来说这是不太可能的，且最终已被证推论错误。就考古学而言，同样有一个核心的问题萦绕在无数前赴后继的挖掘的身影里：人类或地球何时开始？或：已经存在了多久？考古学家不断地在世界各地挖掘，不断地把最早的开端提前。

化石或者星空，承担了文明史所无法承担的叙事功能。化石，以及像周口店、马坝诸如此类的遗迹，在文字的历史之外，构建了另外一种无声的掩埋着的历史，用考古学的术语说，即史前史。然而，开端或结局，真的可以追溯或展望吗？真的存在着一个开端或结局吗？是否只是人类的心理需求驱使着我们孜孜不倦地一遍又一遍地叙述着开端与结局？抑或所有的化石以及遗迹，都只是一种虚构？我们虚构了完整的过去、现在、将来，获得一种心理的统一性，而我们正是借此统一性，使我

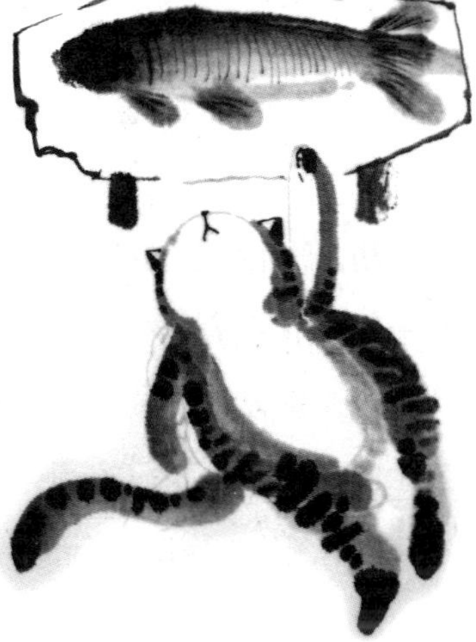

们的生存变得合乎目的、合乎理性。重要的似乎不是是否真的有一个开端与结局，或什么时候开始、什么时候结束，而是我们需要开始、需要结局。

我们每个个体对于自己的身世充满好奇，也对于自己的未来充满好奇。“我要寻找我父母初恋的地方。”这好像是美国电影《得克萨斯州的巴黎》中那位主人公的一句话。我在北方一家冷清的电影院里独自看这部电影，像一个烙印，这句台词一直刻在我的脑海。我们渴望着我们的一生有一个完整的过程，从诞生到死亡。所以，孤儿意识成为川端康成写作中挥之不去的隐痛。有什么比不知道自己从何而来更悲哀呢？然而，即使不是孤儿，又有谁能够记忆自己最初的那一刻？就如同有谁能够讲述自己最后的那一刻？

最初的与最后的，其实都是永恒的秘密，是无法证实的存在，是可以不断地去填充的虚空。唯其如此，我们才愿意，或者说，才可能一遍一遍地去追寻、去叙述、去虚构。结果并不关键，关键是我们在追寻、叙述、虚构的过程里所得到的自我确定感。所有的史前遗迹，作为景点，都是寂寞的，不会有很多游客涌到那里去。然而，它们又是必须的，必须标本般地屹立在那里，单调，却流溢着无限的空隙，冷清，却沉默着深厚的暖流。考古学家依然执着地在挖掘，在寻找。也会有一些人喜欢在那些史前遗址前驻足，在静默里向我们未知的祖先表示敬畏，同时，享受着极度的时间体验。那穿越时间界限的，是眼前的化石或别的什么残留物，还是我们的想象力?

废墟

当我说到废墟，我猜想你会提及圆明园、楼兰、庞贝这样一些名字。我无法猜测的是，你会以怎样的姿势站在诸如圆明园或楼兰这样的废墟之上，以及你从废墟间听到的是怎样的声音。曾经有一段时间我热爱赫定、斯坦因等人的书，借他们的文字，在废墟间穿行。奥雷尔·斯坦因是在早上抵达楼兰遗迹的，他是冷静理性的探险家、考古学家，大多数时候他用的是科学报告式的语调，但见到楼兰时，他写了这样一段话：但环境的不同给我留下的印象更深刻。在散落着废墟的尼雅（楼兰古国的第二个都城）遗址及其寂静的四周，沙丘和沙包连绵起伏，宛如波浪一般，让人想起广阔的海洋。而这里除无边无际陡峭、坚硬的雅丹和冲刷得很深的风蚀沟外，一无所有。风蚀沟的走向全都相同，是由无情的东北风雕刻出来的。它也像一幅奇妙的海洋画，不过这个"海"是冻硬的、崎岖的和凄凉的。除附近的废墟外，只在北边和西北边相当远的地方，有几个零散的土墩，它们明显是土坯建筑，已严重损坏。此外，我功能强大的望远镜再也没有发现任何建筑遗迹。似乎很奇怪，那些仅仅是用木材和枝条作骨架的建筑，竟然经受住了如此可怕的风蚀作用而幸存下来。但当时我并没有停下来去深究个中原因。

斯坦因用了"雕刻""海洋""凄凉""幸存"等几个惹人遐想的词，从这几个词出发，我们能够捕捉到废墟的阅读规则：从留存触摸到毁灭。废墟是一种幸存物，然而，就像所有的幸存物一样，幸存这件本来似乎是"幸福"的事情，却隐藏着巨大的悲哀。如果没有幸存者，一切消失，好像什么也没有发生，但奇妙地，不可见的力量把一些东西从毁灭中留存了下来，以废墟的形式言说那曾经发生过的。所有的废墟如同所有的幸存者，提示着一段不堪回首的艰难时光。幸存者逼使我们无法回避我们所不愿意正视的灾难、痛苦、战争、恐惧等等，简单地说，唤起我们强烈地感知到毁灭性的力量。

废墟上的百合 / 月色

而你并非早晨到达，而是黄昏。在圆明园，不经意的漫步，和另一个同样年轻的人，当那几根残缺的柱子在夕阳的余晖里猛然耸立在你们的眼前，一下子，静默、雕像般地，一切凝止。这里发生的一切，是你很早就从教科书里熟悉了的。而现在，一个首尾相连的事件，浓缩在这些断壁残垣之间，一地的零乱。你关注的是最后的那一刹那。每天都是繁华富丽，如同日出日落。突然间在火光里消失。如何去抓住那最后的表情？很多年后，你迷恋上另一个名叫庞贝的地名——一个被发掘出来的废墟。在一切如同往常的某一天，一场突如其来的火山爆发吞没了这个城市，切断了我们以为是理所当然的连续性。然后，时间似乎遗忘了它。然后，它被发现，被复原，复原最后的那一幕。就在那一幕以后，它成为废墟。“几个世纪过去以后，当在废墟上播下新的种子之时，人们还会相信整座的城市和其居民就躺卧在他们的脚下，祖辈的土地是在火海中沉沦的吗？”这是诗人斯坦图斯的疑问，我喜欢“在废墟上播下新的种子”这个短语。在很多废墟破碎的瓦砾间，伸出绿色的或紫色的小草或花朵，如同孩子的眼睛。

你知道我会读出一首词，姜白石的："淮左名都，竹西佳处，解鞍少驻初程。过春风十里，尽荠麦青青。自胡马窥江去后，废池乔木，犹厌言兵。渐黄昏，清角吹寒，都在空城。杜郎俊赏，算而今、重到须惊。纵豆蔻词工，青楼梦好，难赋深情。二十四桥仍在，波心荡、冷月无声。念桥边红药，年年知为谁生？"我并不是想抒发某些感伤的情绪，而是想起了许多古旧的城市，在时间的风雨里，它们的色彩渐渐褪去，甚至停滞在某一个时刻。寻找这样的古城或古镇，现在已经是一种时尚。时尚把许多废墟式的城镇装饰成精致的摆设，在游人的目光里演出某些苍白的情节。周庄被发掘出来了，然后，我所喜欢的南浔、西塘也被发掘了出来。还有几个古旧的小镇是我所喜欢的，但我不能读出它们的名字。

在即将告别的那个时刻，你已经猜出我最后要读出的一串词语：纽约，世界贸易中心，2001 年 9 月 11 日。繁华的、高耸入云的，就这样轰然倒下，片刻间在大都市的中心诞生了一片废墟。许多人从电视里看到了这一幕，许多人把它当作了电视节目，然而，残存的废墟仍在坚持某种巨大的真实性，不容你我怀疑。我在想，那一刻，灼伤了多少双习惯了肥皂剧、警匪片的眼睛？那一刻以后，肥皂剧仍在继续，警匪片的炸弹还会尖厉地喊叫。那一刻以后，纽约的版图上多了一个景点。

歧异的道路

道路

林中路

林乃树林的古名。林中有路。这些路多半突然断绝在渺无人迹处。

这些路叫作林中路。

每个人各奔前程，但却在同一林中。常常看来仿佛彼此相类。然而，只是看来仿佛如此而已。

林业工和护林人识得这些路。他们懂得什么叫作在林中路上。

——海德格尔《林中路》

关于道路，首先想到的是海德格尔的一本书：《林中路》。还没有开始阅读，我们已经上路。鲁迅说，地上本没有路，走的人多了，就成了路。是道路引导我们向着别处行走，还是行走的人走到哪里，道路就延伸到哪里？我们总是要寻找道路，或者，道路总是在寻找着我们。如果你是一个农人，当晨曦初现，推开篱笆的门，你面对的也许是一条河流，也许是一丛翠竹，也许是一片田野或果树林，你走出去，路是泥路，如果昨天下过雨，路面会有点泥泞。你就这样走出去，那只大黄狗或小花猫尾随着你，你将穿过菜地或树林，向着田野走去。或许你会遇到同村的老王，你们就在路边蹲下来相互交换着纸烟，谈起某人某事；或者你经过李家的菜园子时，小动物的低低的鸣叫，唤起你的童心，你循着声音钻进菜园。如果你是一个城里人，你在早晨一起来，走到公共汽车站、地铁站，或自己驾着车去上班，你立即就会发现，城市的道路为交通工具而设置。乡村道路则为步行者而设置，仍是自然的伸展，湮没在庄稼或山河之间。城市的道路并非人们走出来的，而是人们精心做出来的。在城市里，道路纵横，在楼群里穿梭，但人们不能随意行走。交通规则制约着你的方向与速度，你必须从此或从彼而走，你不能在此停下来，你必须在此停下来，你不能横穿而过，你必须横穿而过。所以，在城市里，有许多咫尺天涯，可望而不可即。城市人已经习惯道路的法则，以为生来如此，又以为在城市里可以自由地翱翔。在我看来，仅就道路而言，城市不一定比乡村更加自由，如果一定要自由，那么，这种自由需要付出巨大的代价才能得到。

在此，我的目的并非探究城乡差异，我感兴趣的是道路的类型。乡村道路与城市道路，是两种非常典型的道路形态。如果加上近几十年涌现出来的网络，我以为，构成了我们赖以行走的三种基本的道路，也许可以以下面的名词来命名它们：乡间路、街道、网路。乡间路包含了林中路、沙漠上的路、田间小道、山路等不同的路。说到这里，我想岔开一下，谈论谈论道路之前的“没有路的”时代。那个时代大约就是原始时代，以及无限年以前的那个时代。人们在河边、洞穴、林间。人类的脚步在土地上还没有印下痕迹，你站在洞口，四周杂草丛生，林木葱茏，你可以往任何地方走去，也可以不往任何地方走去。没有道路，意味着没有方向，没有目标。只是站在那里，世界——未知像空气一样的世界，环绕着你。只是在无路的地上漫游，方向就是你自己，目标也是你自己，你在走着，无处不在，同时又仍在原地，似乎一直就在那里，从未离开。到处没有路，到处是路。无数的可能性像微风一样轻拂你的眉梢，充溢着创造的激情、天真的好奇、歧异的细节。“林中路”也许保留了无路时代的某些氛围，我疑心海德格尔用这个词，流露的正是对这种久远而永恒的氛围的回想之情。林中少有人迹，道路往往湮没于枯叶或杂草。而许多路戛然而止，断断续续。海德格尔大概从林中路，想到了思之路。“走上这条道路，乃思之力量；保持在这条道路上，乃思之节日——假设思是一种行业的话。”沙漠也仿佛原始时代，刚刚走出一条路，沙就掩埋了它，自然主宰着一切。但是沙漠缺少了树林的幽暗曲折、丰富复杂，所以，并非思之路。

还是回到我们的道路。道路不论以何种形式显现，都是一种痕迹，一种体现着意志和欲望的痕迹，也是力量和技艺的痕迹。道路的沧桑，恰恰是存在的沧桑。道路即我们的生活方式，或者说，是我们与世界、与他人连接的方式。布罗代尔说，随便一条道路都反映着时代的风貌。泥路、石路、水泥路、高速公路、铁路、水路、空中航道、网络，与之相应的是徒步的人、马/牛/驴车、汽车、火车、轮船、飞机、电脑，显示着各各相异的行走姿势，然而，百川归海，最后是相同或相似的目的地。

古道

> 西望夕阳里的咸阳古道，
> 我等到了一匹快马的蹄声。
>
> ——卞之琳《音尘》

最初的道路呢？你自己想象吧。《圣经》上说：“太初有道。”是什么道呢？《道德经》上说：“道可道，非常道。”又是什么样的道呢？《周语》上说到，西周的时候，人们按照“先王之教”去建筑道路，在路边种植树木作为标记。李白《蜀道难》中的诗句：“地崩山摧壮士死，然后天梯石栈相钩连。”显现了“钩连”是多么的惊天动地，从此到彼，孤立的个体与孤立的个体互相连接，整体浮现；也记忆了战国时代一件关于道路的往事。传说是这样的，秦王献5个美女与蜀王，蜀王派出五丁力士迎接，回返途中，大家见到一条大蛇进入山穴，一起去牵它，结果山崩地陷，压死了五力士，而美女化成石头，由此形成五岭。另外的说法是，秦王对蜀王谎称有五头能屙金的金牛，蜀王便派五丁开道引之，秦便随之灭了蜀。因此，这条川陕之间的通道就叫“金牛道”，也叫“石牛道”，明代以后通称“南栈”或“蜀栈”。这可能是中国历史上第一条将边缘与中心联系起来，或者说，将边缘纳入中心的道路，也是中国人第一次飞越重重险阻，把彼此的距离缩短的伟大创举。源于秦王想要消灭蜀王的野心，而最后的成型肯定不是五丁所为，而是无数的劳动者付出巨大的代价所换来。每一块石头，每一段坦途，都渗透着劳动者的汗水与血水。

许多道路其实是尸骨铺成，那些尸骨都寂寂无名。突然想起多年前坐火车，经过一个幽长的山间隧道时，听到旁边有人在说，挖这个隧道时曾经有上百人被埋在了里面。

虽然如此，道路仍在扩张。秦始皇以咸阳为核心，修建了驰道，通向全国各地，专门供秦始皇出巡时使用。《汉书·贾山传》：“秦为驰道于天下，东穷燕齐，南极吴楚，江湖之上，滨海之观毕至。道广五十步，三丈而树。”秦始皇还修建了直道，从云阳起始，经过定边县南、鄂尔多斯草原，一直到内蒙古河套地区的九原郡，全长七百多里。这条路是战略考虑的产物，为的是能够有效地控制塞外一带的广大土地。道路在此全然是权力的符号、统治的象征。道路所到之处，正是权力所到之处。有意思的是，死在路上的秦始皇的遗体，最终就是从刚刚建好的直道上回到咸阳。在秦汉时代，川陕之间还有一些古道崎岖蜿蜒，有名的例如褒斜道、陈仓道、子午道、剑阁道、米仓道等等。这些道路上，摇曳着历史的碎影。刘邦当年就是从陈仓道走出汉中，向着东面前进，奠定了汉王朝的基业。三国角逐时的许多足音，在这些古道上回荡。

唐代，道路伸张到南蛮之地。公元716年唐玄宗下诏让张九龄在大庾岭（又叫梅岭）修建道路，是为岭南道。今天我们在广东的韶关，还可以见到梅关古道的遗迹。战争、离乱、流放、飘零，曾在这个古代的要隘无声演出。六祖慧能离开黄梅后，正是在此地，启发了第一位信徒。韩愈以及宋代的苏东坡，也在岭南道上留下过足迹。宋之问《题大庾岭北驿》："阳月南飞雁，传闻至此回。我行殊未已，何日复归来？江静潮初落，林昏瘴不开。明朝望乡处，应见陇头梅。"那时候他被贬钦州，在梅岭北望故园之际，不会想到自己日后的下场是玄宗赐他自尽。在韶关一带，有一个珠玑巷，与梅关古道一样，鹅卵石的路面发出暗淡的光芒，流传着一位妃子的故事，战乱里的传奇。去年我们从韶关回广州，迷了路，走上一条废弃了的旧路，在山林江流间绕了一个大圈，才走上国道。那仍是一个人迹稀少的所在，难以想象千百年前的人们，从繁华的中原流落到此地，是怎样的一种绝望和悲凉。然而，岭南还不是最艰险的路途，最艰险的是往西去的路。《西游记》以神话叙述了真实的艰险。即使在今天，"西游"变成了大话，仍无法解构西去路上的滚滚黄沙。虽然黄沙滚滚，充斥着暴戾、粗糙，却有一个很好听的名字：丝绸之路。丝绸，是柔滑的、细腻的、感性的。越过神秘的大漠，中国与西方就在张骞的脚步声里，以及无数商队的驼铃声里相互扭结在一起。丝绸之路上，有一个地名像丰碑一样屹立在时间之河，那就是敦煌。在敦煌，烙在壁上的线条、形态，以残缺的姿态，细诉一种不变的完美。

走过宋元明清，古典的帷幕渐渐落下。古道渐渐地在遗忘里任青草黄了又绿，绿了又黄。新的道路，把人们带向新的生活。1876 年，吴淞铁路通车。1920 年，京沪航线京津段开通。1921 年，“中国第一条公路”长（沙）（湘）潭公路竣工。今天，道路已经伸到了世界的各个角落，我们一出门，就在道路之上，我们可以到达任何地方，但我们什么地方也没有到达；到处是明确的路标，指示着方向，但我们常常迷失在道路之上，又像冯至说的：“我们天天走着一条熟路 / 回到我们居住的地方；/ 但是在这林里面还隐藏 / 许多小路，又深邃，又生疏。”

速度

人们为什么如此地偏好速度？因为在这个世界上，对于行动飞快的人来说，时间走得更慢，所以每个人都要高速行进，争取时间。

——阿兰·莱特曼《爱因斯坦的梦》

道路集合起三组语词：一是交往、联系等，二是速度、距离等，三是方向、目标等，隐藏着道路最内在的欲望。交往这个词显现的似乎是相互有点矛盾的诉求：害怕孤独，渴望与别人交接，以及征服别人、奴役别人的冲动。方向流露了人类总是在寻找意义的姿态。存在如同无限的谜，真相总是被悬置，每一代人、每一个人必须自己去寻找。于是，当我们上路，当我们摸索道路的出口，就不仅仅是身体的走动，心灵也在波动。每一条道路，都是某种目标的坚持。至于速度，涌动着我们内心古老的愿望：想飞。就如博尔赫斯所说："飞翔是人类基本的渴望之一。"速度的终极目标就是：在最短的时间内到达。速度必须依赖交通工具与道路的合作才能实现。在此，交通工具与道路之间有着一种置换的关系，某种情况下，我们甚至可以说：道路即交通工具。汽车意味着公路，铁路意味着火车……所有的交通工具都对应着一种属于它自己的道路。因而，我们从道路的质地也可以感受到速度。

最初的道路是由脚印在土地上累积而成，是个体踪

迹的累积，或者说，道路显现着个体向着群体积聚的趋势。那时候，人们能够依赖的只是自己的双脚。道路上只有徒步者的身影。徒步的乐趣在今天已经被大部分人忘记了：与泥土的直接接触、身体的动感、自我的主宰、耐心的培植等等。但是，徒步受制于我们自身的体力，禁锢于一种局限性里，你不可能连续走一天，你不可能每小时走 30 公里。起先，人们借道路的修整来加快速度、减低困难，例如，把泥路铺上鹅卵石或砖块，行走变得更轻松，而且，突破了下雨带来的限制。然后，工具出现了。开始是牛车、马车之类，主要的功能还不是为了增加速度，而是为了省力，可以延长行走的时间。人的双脚似乎得到了解放。你坐在车里，只要看着外面的风景就可以了，你没有动，而外面的风景在渐渐往后，消失，你在向前。不过，牛车 / 马车仍然留存着人工的气息，有着诸多的束缚，关键是速度并没有根本性的改变。真正的革命是火车与汽车的发明，省力的同时速度大幅度提高。世界开始变得比以前更小了。从前遥不可及的地方现在轻易就能到达。地球村的概念隐隐出现。更重要的是，公路与铁路意味着：追求速度的观念已经深入每个人的血液。高速几乎成了我们社会的基本目标。它的思想背景在于，对传统的怀疑、背离，对新异的热爱、追随。以新为美成为主流价值观。道路的指标就是速度，速度越快就越先进，就越美好。于是，飞机把人带上了天空，飞的梦境成了现实。再接着，网络以更革命的姿态彻底改变了道路的内涵，改变了连接的方式。

一条脉络显而易见：随着速度的提高，人的踪迹在渐渐消退，时间在渐渐精确，距离在渐渐缩小。我在前面已经说过，泥路留下了人的踪迹。一个又一个脚印记录着各各相异的走姿。铁路、公路尤其是高速公路，路面用特殊的材料铺成，无论多少车轮驶过，都不会有什么明显的辙印，即使有痕迹，也是淡淡的。飞机引出了新的道路。你能够用肉眼看见飞机的航线吗？它只是空气，你在它的上面什么都不能留下。到了网络，不仅道路隐于无形，连行走的人都可以隐于一隅，身体完全在原地，眼睛与心灵却飞越了千山万水，所谓踪迹，真的成了虚无。踪迹在渐渐模糊，时间却越来越清晰。在只能徒步或牛车 / 马车代步的年代，时间单位以年月为主，人们从太阳的升落中感觉时间；汽车与火车让小时占据主要地位，而飞机突出了分与秒，手表粘在你的手上，时间随处跟随着你；网络几乎使时间精确到空无一物。精确的极限难道又是模糊？一个疑问随之而来，以节省时间为诉求的速度，真的为我们节省了时间吗？我们现在很快就可以到达，很快就可以……按道理我们应该拥有了更多的时间，但事实上并非如此，而是恰恰相反：我们变得比以前更加忙碌了，连休闲都成了奢侈的享受。

之所以如此，消费主义也许是重要的原因之一。消费主义对于速度的爱好并非出于自然，而是出于商业的需要。一方面，速度把顾客推上某种无法停止的节奏，另一方面，速度省略了过程，使大规模的生产成为可能。因而，在今天，速度所蕴含的，不只是力量与美，还有贪婪和机心。

高速给予人们痛快的同时，也导致了许多焦虑。你总是感到无法跟上潮流，无论怎样，没有一个个人能够赶上更新的速度；我们都变得缺乏耐心，没有人愿意等待一年或更长。从前我们在徒步的时候，只能一步一步地走，所经过之处，都由我们的身体亲身感受。即使在汽车或火车里，窗外仍有房子、树木、田野、山河，在作一个参照，我们的眼睛在观看着一些真切的东西从我们的旁边消逝，速度是可以被确切地感知的，一个又一个地名是可以被具体地看到的。也就是说，在到达终点之前，过程摇曳多姿。但是，飞机抽空了过程，在一个封闭的机舱里，你望出去的只是蓝天白云，或者只是灰茫茫的一片，你并没有感觉到飞机在飞驰，速度完全被虚化成一种静止的等待，纯然为着到达的等待。没有参照物，也没有过程。速度的终极目标暴露无遗：只是为了到达。在这个意义上，网络彻底实现了速度的终极目标，因为飞机要上上下下，还不能完全抹掉过程。网络却省掉了一切的手续和过程：出发即到达。至此，人类的双腿，乃至身体已然完成了自己的使命，从此不再有自己的道路（供行人行走的路在渐渐地减少）。那么，在网络（路）上奔驰的人类，最终的形象真的是头部硕大无比而四肢萎缩，终日蜷缩在屋子（洞穴）里吗?

边界

秋天的疆土，分界在同一个夕阳下 / 接壤处，默立些黄菊花 / 而他打远道来，清醒着喝酒 / 窗外是异国

——郑愁予《边界酒店》

在卡夫卡看来，“道路是没有尽头的，无所谓减少，无所谓增加”，但在路上，你仍然能够遇到尽头，至少

仿佛是尽头。我说的是边界。边界在无尽的道路之间，插入了一个停顿、一个转折。走到此处，界碑耸立。你已经在某个世界的边缘了，跨过去，就是另一个世界。开始的时候，只是自然的形态构成了边界，例如，陆地与河或海、山与平地、城市与乡村诸如此类的毗邻处，都伸张出边界的版图。后来，边界不只是自然意义的，更是政治的、经济的、军事的、文化的。于是，国界成了最典型的边界。自然的边界常常可以跨越，难以跨越的是另外的边界：政治的、种族的、文化的。自然的边界可以拆除，但心灵的边界，又如何拆除？

然而，旅行者对于边界，总是怀着莫名的期待。我们喜欢在边界上行走。深圳的中英街、中越边界、中尼边界、中俄边界，现在都是广受欢迎的旅游点。人们千里迢迢而来，难道就是为了看一块界碑，为了望一下另一边的国度？或者，只是为了寻找一种走到无法再走的感觉？毫无疑问，边界所诱发的想象首先来自它的划分功能。边界将土地分割成不同的区域，然后在区域之间设置了各种障碍。正是障碍，给予了旅游业一个卖点。人们对于难以到达的地方，或者对于难以进入的世界，总是涌动着窥视的欲望。然而，边界上站着悠闲的游客，四处张望，这样美好的情景在人类历史上并不常见。大部分时候，边界弥漫的是紧张的寂静。是的，紧张构成了边界的基调。无论多么热闹，边界的底色着上的往往是无法弥合的差异，乃至鸿沟。边界把人划分在不同的界域，或更确切地说，不同界域的人以边界作为缓冲的界线。因而，边界总是隐藏着人群与人群之间的角力，随时都会随着力量的变迁而移动。即使在一个国家，甚至一个省或一个县、一个城市之内，也存在着边界，将不同归属或阶层的人群区分开来。在江南的城市或乡村，一座桥常常成了某种边界，或者是不同的行政建制，或者是不同的社会身份，有时什么社会差异都没有，但桥那一边与这一边的人群自然地区分为两块，有些莫名其妙的隔阂浮动在桥上。所以，我记忆里童年时代的桥，热闹而落寞，我们在夏夜的星空下一起乘凉，然后，沿着不同的方向回自己的家，在河的这一边望着夜色里的对岸，幽暗的，闪烁的，很近，又很远，是无法完全进入的另外一个世界。

许多年后，在香港与深圳之间的罗浮桥，突然想起当年张爱玲仓促地跨过此地，从此故乡山水永远梦里依稀。而很多人在此地或离此地不远的地方，遥望大陆，却无法越过边关的门。“病了病了 / 病得像山坡上那丛凋残的杜鹃 / 只剩下唯一的一朵 / 蹲在那块‘禁止越界’

的告示牌后面 / 咯血。……”这是洛夫的《边界望乡》。而在此前，余光中已经有“我在这头 / 大陆在那头”的句子。一条海峡，一座桥，跨越数十年，才终于能够走到另一边。有谁能从边界的斜阳里听到沉重的静寂？一种因着血泪翻腾、因着欲说还休而积淀下来的静寂。在洛夫与余光中的诗里，与郑愁予的那首诗一样，一个词与边界的意象同时出现：乡愁。边界上的乡愁。作为道路的转折，边界适合怀乡者播撒乡愁的种子。也许，边界的落寞、静寂，都与乡愁有关。罗兰·罗伯森说：“汉语词‘乡愁’是思念故土和伤心这些词的结合，表示一种回到一个人早年生活中某个熟悉地方的愿望。它还有一个更具病理学意义的含义：每当一个人被诱发想起他原来的家乡时，他便体验到伤心的感觉。”边界诱发乡愁，由它的特质所决定，因为边界往往与离别密切相关，“多么想跨出去，一步即成乡愁”（郑愁予《边界酒店》）。同时，许多边界由于人为的因素而形成，本来自由来往的人群被迫隔绝，咫尺天涯。

比乡愁更沉重的是仇恨。在印巴边界，在以巴边界，正在流血。哪一处的边界没有流过血呢？边界的划定，好像是血流成河的结果。短暂的休止。只要边界存在，就意味着人群的争斗还在继续。人们做着各种各样的努力，在拆除各种各样可见的边界。我们现在可以通过许多关卡，可以在许多边界到此一游，但是，无形的边界却无处不在，道路纵横，速度飞快，可见的距离仿佛缩小到不能再小，但无形的距离，却始终无法逾越。因此，在边界上，我想要说出的一个词是：方向。如何为这个词找到一个方向呢？这是在边界，不像在中心地带，所有的路有明确的路标。方向俨然是一个迫切的问题。允许我再次使用“暧昧”这个词，有什么道路比边界更暧昧呢？一些身份不明者喜欢聚集在边界，一些歧异的岔路暗藏在边界。有时候，在边界，我怀着一种渴望迷失的心情向着某个方向漫步，不幸的是，总是在天尚未暗下来的时刻，我就已经走上了返回的路。就是这样的，一直就是这样的。那么，方向真的是一个问题吗？

在路上相遇

路遇

当一个男人 / 女人遇到一个女人 / 男人

这是一个悬念，一个老掉牙的悬念。深藏在每个人心中，一遍又一遍地去臆想，去期待。“关关雎鸠，在河之洲。窈窕淑女，君子好逑。”中国文学的开篇就为这个悬念设置了动人的场景：在河边。在河边，那个男人见到了一个美丽的女子，然后，就开始了一系列的行动。后来的关于男女之爱的文学作品，大抵离不开这首诗的模式，无非是这么一套：从巧遇到分手或团圆。人们阅读了几千年，还是看不够，现在电视里几乎天天在播放这些调调，照样吸引住了无数的眼珠。我的一位男同事，从 37 年前第一次见到他，一直到此刻，几乎从未变更过一个话题：如何才能遭遇艳遇？其间我们都经历了恋爱、结婚，而他仍然固执地要讨论艳遇的可能性。有时候听他眉飞色舞地叙述某一次艳遇，例如，在火车上遇到一位女子，下车后即直奔宾馆，颠鸾倒凤，诸如此类。然后，又固执地讨论起如何在路上勾搭一个女子，因为他从来没有在路上成功过。他曾经尝试过，结果不是被拒绝，就是欣然搭腔，而欣然搭腔者，一无例外别有所图。其实，我疑心他此前描述的艳遇故事里的女主角基本上也是如此。很多人嘴中的艳遇，与我这个同事所渴望的艳遇一样，是不会产生结果的陌生男女之间的纠葛，当然，这里的结果指的是恋爱、结婚。另一种结果却是艳遇必须的，那就是性爱。如果没有性爱，艳遇就不再是艳遇，就只是邂逅了。像川端康成《伊豆的舞女》，抒写的是青春男女的邂逅，只是相互凝望，相互吸引，但旋即分开，成为记忆。所以，当一个男人（女人）遇到女人（男人），最终的结局只有三个：一见钟情成为夫妻；艳遇成为一夜情；邂逅成为记忆。如果一定要以年龄作为指标的话，邂逅属于少年，艳遇属于中年，一见钟情属于青年。当然，一个中年人可能有邂逅，一个青年人可能有艳遇。这只是一种分类而已。邂逅以矜持保留了两性之间的神秘与纯美，一见钟情以激情诠释了两性之间爱的神奇与强烈。艳遇呢，以游戏的方式实现两性之间纯然的欲望与冲动。一见钟情仿佛戏剧的开端，注定要有圆满的收场，而邂逅只是不时发生的插曲，一点点的点缀，至于艳遇，是突然停电以后有意无意的相互拉扯、碰触，当舞台上的灯光再度闪亮，那两双越轨的手就迅即缩回去。艳遇、邂逅有时也会偏离规则，成为一个开端，一个以婚姻为结局的开端，从而变

成颠覆既定秩序的或大或小的骚乱。

虽然社会上充满关于这种骚乱引发可怕后果的各种事例，但似乎并没有遏止人们在这方面的想入非非，相反，这些事例刺激人们蠢蠢欲动。无论已婚还是未婚，无论男人或女人，当我们上路，内心常常萌动着朦胧的期待，期待一个异性突然出现，从未见过的一个陌生人，却像老朋友那样默契。自然，你在家里、在上班的场所也可能出现意外的相遇，就像一首诗写到的，好像是顾城写的，无意中看到楼上阳台有一个穿红衣的女孩……但一般而言，人们总是认为在路上特别容易发生这种相遇，或者说，当人们在路上的时候，特别容易期待这种相遇。为什么？我猜想路上这样一个独特的环境凸现了陌生的氛围，你可以一直做一个陌生人，两个陌生人相遇，绝大多数时候，不会有什么真正实质性的后果。所以，你可以做你内心所意欲的角色，这并非欺骗，而恰恰是内心的真实流露。换一种说法，我们在陌生人面前，摆脱了一切关系的束缚，变得单纯，变得尽情地表现自己，而没有什么顾虑。更重要的，我们之所以期待邂逅、艳遇或一见钟情，其实，我们期待的是刹那之间的理解、契合，不需要言辞，不需要过程，不需要什么条件，只是眼神，只是几个简单的动作，只是单纯的喜欢，喜欢一个人，喜欢一个完全的似乎褪去了所有社会色彩的人。在充满猜忌、憎恨、隔阂的人间，有什么比这样的相遇更让人激动呢？而更让人回味的是，路上的情色相遇，大多数都像龚自珍所写的：“某山某水迷姓氏，一钗一佩断知闻。”某时某地遇到的红颜，一旦分别就音信渺渺了。对于龚自珍来说，这是悲哀，但对于当代的许多人来说，不正是求之不得的事情吗？

在什么样的场合容易遇到呢？是在海上吗？当然，轮船在海上航行，慢慢的，正好可以“慢慢地陪你走”。邮轮是相遇的经典场所，我只要提及泰坦尼克号，你就明白了。钱钟书的《围城》开头也写海上的旅行，少不了男女间的事，只是没有一点点的浪漫，一次偶然的苟合而已。徐讦《阿拉伯海的女神》也是海上的浪漫邂逅吧，我记得曾经阅读这篇小说时的情景，却记不起小说里的细节。那时候，从广州到厦门，还有轮船在航行，我就是在那一次的海上旅行中读徐讦的小说。不久，从广州到厦门到上海的轮船不知为什么取消了。大概轮船太慢了，再也不能满足高速的要求。现在人们对于情爱的要求，也倾向于速战速决，有谁还愿意陪你慢慢走呢？在飞机上，在高速公路行驶的车上，也许也会有相遇的机会，不过在我看来，与轮船相比，概率至少低了一半，尤其在飞机上,几乎是不可能。位置的固定,时间的短暂,都限制了一个故事的展开。火车倒是与轮船一样，是理想的相遇的空间。东方快车，诸如此类的名词，唤起的并非谋杀的恐怖，更多的是情色的想象。在晃荡的车上，在一间包厢里……你知道我要说的是什么样的故事。

最好不要说，至少不要说下去。让故事只是个开始。就悬在开始的那个瞬间。在酒店的大堂吧，在车站，在异域的某个街口，在路上的很多地方，我们遇到了，仅仅遇到而已。无非是擦肩而过，无非是眉来眼去，无非是一夜风流，无非是没完没了……结果千篇一律，但细节却千差万别。因而，没有人会厌倦。厌倦的只是结局，而对细节，永远憧憬着，怀想着。米兰·昆德拉有一部小说，写一个男人不断地开着车去勾引女人，但是，一旦那个女人真的上钩，去赴他的约，他就撤退了。他的目的既不是为了上床，也不是为了爱，而是为了一种开始的感觉，一种只是在开始永远没有结局的感觉。然而，在生活里，必须有一个结局，而所有的事件只要有一个结局，就注定平庸。当阳光穿过窗帘，两个萍水相逢的人在同一张床上慢慢醒来……一切都结束了。

那是如何溯源回流的执着啊

这是诗人张错的一句诗。1998 年冬天，我们在澳门偶遇。他送了一本自己的诗集《细雪》给我，扉页上以流畅的墨迹写了这样一句诗。当时是在葡京酒店附近的酒吧，十分嘈杂，当我翻开《细雪》，看到这句诗，感觉骤然间一切变得宁静。后来在路上，看着无数的来来去去的身影，这句诗常常从我心中跳荡而出。那是如何溯源回流的执着啊。短短几个汉字间，回响着回返根源的渴盼。对于许多人来说，一旦离开故乡，踏上远去的路，就再也不会（或不能）回到故乡。古典时代中国人的模式是“叶落归根”，在外面为官、为商或为别的什么，最终一定要回到故乡。仿佛有一个不变的、恒在的根源始终在那儿等着你回去。在现代社会，由于交通的便利、商业的发达，人们非常容易走来走去，但我们好像很难回到故乡，越来越少的落叶回归到根本。那个不变的、恒在的根源现在已经四处飘散了，没有什么东西在等着我们回去。一旦上路，就永远在路上。只是我们心灵的深处，还潜藏着溯源回流的执着。而所谓故乡，其实只是一个符号、一个意象、一种心灵状态而已，所意指的并非一个真实的地点，而是一种意愿，一种希望获得身份、归属、来历之类的意愿。

如果你真的回到了你的故乡，你会发现你只不过一个过客，在自己的故乡，你是一个陌生人。虽然如此，每年的年尾，成千上万的中国人从各个方向，无论多么艰难，都要上路，为的是回家。像周期性的潮水。名为回家，实际上仍在路上。因为过完年，又要回到异乡，回到工作的地方。你回来了，但你是一个客人。在故乡，我们都像一个异乡人那样看着川流不息的既熟悉又生疏的面影。这是在现代，没有一个地方能够固定不变。没有一棵老树，或一幢老房子，或一条小巷，傻傻地等着你回来，来引证你的过去、你的记忆。不会的，推土机的轮子不会有半点犹疑。因此，我们可以说，很少有人能够真正回到故乡。所谓的回家，只不过一种“旧地重游”。旧地重游的实质在于：我们现在所到达的地方是我们曾经生活过的，留存着我们生命中的一段历程，因而，当我们旧地重游的时候，我们的重点并非风景或民俗或购物，而是回忆。旧地重游满足了我们回忆的需要，也显示了所有的地点因为不同的个体而具有不同的色彩。对于他毫无意义的一个城镇、村庄，对于她可能意味深长、流连忘返，当然，留恋的不是那个地方，而是在那个地方消失了的生命。所以，那棵树或那条巷子是否还在并不重要，重要的是它们曾经存在，至于此刻，回来的人面对空无一物的曾经，沉浸在回忆里，已经足够。

无疑，旧地重游更多的是中老年人的玩意儿，年轻人正做着未来的好梦，有什么心情会去旧地重游呢？何况，年轻人又会有什么旧地呢？当我们满怀感慨，回到什么地方去参加什么校庆、什么同学聚会，去看你小时候住过的小镇，诸如此类，那么，很明显，我们已经老了，已经到了要和别人一起回忆的时候了，也到了要和故人一起分享成功喜悦的时候了。功成名就，有时候几乎成了旧地重游的一个前提，按照中国式的说法叫作“衣锦还乡”，潜台词是如果一事无成，也就无颜见江东父老。所以，在校庆或同学聚会那样的场面，我们见到的往往是春风吹拂，而人生中或暗淡或凌厉的寒风，在皱纹里默不作声，在许多没有出现的面影里默不作声。因而，在旧地的重逢，总是诠释着命运奇妙的路线，当年同桌的你我，何以在20年或30年后的今天，如此截然地分割于不同的世界？而当重逢，我们总要固执地一起度过不眠之夜，所交谈的，其实只是往事。再次重逢，依然是同样的话题。当我们的语音逶迤而去，新的一天又要开始了。

不一样的人不一样的地方

小时候，大人常常不厌其烦地叮嘱我们：不要和陌生人说话，不要拿陌生人给的东西，不要跟陌生人走，等等。危险，另一个世界，不一样，陷阱，阴谋，欺骗，此类的修饰语牢牢地与陌生人结合在一起。有一天，我们长大了，我们第一次独自上路，我们遇到许多的陌生人，他们或者与我们一样，或者与我们不一样，或者危险，或者平和……我们发现了在自己的世界之外，还有许多不一样的人，不一样的活法。这些不一样，现在成了许多人上路的理由，旅行就是为了看不一样的人和不一样的地方。就像艳遇，要爱只爱陌生人。陌生现在成了神秘、刺激、无牵无挂，成了一种诱惑。

在火车或轮船上，陌生人会在一段时间内构成一个小小的社会。那个男人大大咧咧地将一些食物摊在小桌子上，那个女人小心翼翼地不时看看自己的行李……随着旅途的慢慢展开，话匣子会渐渐打开。在片言只语的浮动里，一些异样的经验向你敞开。这是在年三十，车厢里只有几个人，一个德国人，一个菲律宾华人，一个乌克兰人，还有几个中国人。那个乌克兰年轻人在北京学汉语，他来中国的时候苏联还在，他是苏联政府与中国政府之间的交换学生，但是，他说：现在苏联解体了，我不知道我应该回到哪里。整个路途上，他几次这样感叹。那个菲律宾人平淡地叙述着他的几次“壮游中国”，如何在云南的一个乡村过夜，如何被困在西北边陲的一个小镇……德国人不会说汉语，只能保持微笑，或者用简单的英语表达一些简单的想法。这是在路上，那些陌生人像自然界的植物五彩缤纷，有些我们见过，有些我们从未见过，有些与我们大同小异，有些与我们好像来自不同的星球。在飞机上，在车站，在异域的路口，在旅馆，在一切的路上，很多时候，我们并不与陌生人发生任何联系，甚至连一个微笑、一句寒暄也没有，我们只是像陌生人那样各走各的路，没有人会停下来，相互闲聊，即使相互挨得很近，也仍是不相干地各自坐着，很近，但谁也不会先开口，说一句“你好”，或者“今天天气真好”。我们就这样与陌生人一起独自坐着，来来去去，飞来飞去。对于陌生人，我们只在梦里，或者通过小说、电影之类，放纵自己无边的想象，但在现实里，我们只满足于观看。在车上，飞机上，在候机/车室……我们看着陌生的五官与身影在眼前游移不绝，看着那些别致的建筑物、街景，就好像异样的人生若隐若现。观看陌生，以及体验陌生，构成了路上重要的乐趣。

于是，民俗成为旅游资源就在情理之中了。对异的追寻，一直是人们行走的目的之一。如果用精神分析学去解读，也许又会引出窥私欲的说法。从别人的窗前走过，那半掩的窗帘，惹起我们对窗内世界的好奇。在路上，我们总是想要知道那些在我们界域之外的人是如何生活的。别人的习俗、习惯，就这样拥有了看的价值。一种异的旅游学由此诞生。当然，并不局限于旅游，鲍德里亚早就指出，在消费社会存在着“差异的工业化生产”，并断言“对差异的崇拜正是建立在差别丧失之基础上的”。我们只要到商店去看琳琅满目的商品，就会明白鲍德里亚的意思。差异的消费，有时候是猎奇，例如地方美食的到处流行；有时候是自我在找寻参照物，或者用一个比较严重的词——他者。对异的热忱有时候确实隐藏着塑造一个他者的企图，例如以各地民俗为目标的旅游就是如此。

民俗这个概念已经假定了一系列以进步/落后为杠杆的相对元素：乡村/城市，现代/传统，文明/野蛮，人工/自然，等等。在城市，或者经济发达的区域，民俗基本上荡然无存。于是，在某种程度上，所谓民俗旅游，其实是发达区域的人到落后地区去怀旧，去看已经消失的生活。而耐人寻味的是，落后区域正是从这种需求发展出一套民俗经济体系，民俗现在成为表演给游客观看的仪式——一种可以生产的商品。游客在消费民俗的时候，获得优越感，以及操控落后民族的权力感。当然，非常奇怪地，现代游客的优越感有时是通过对于民俗的膜拜而表现出来，这在西藏的个案里最为明显，全世界的人都迷恋西藏，除了她的景色，更多的是迷恋她的习俗，以及习俗里的信仰。西藏成了全球旅游业中最具价值的商品之一，各种言说将她形塑成神秘、纯洁、博大、涵藏着生命终极意义的性灵之地，是与物质、欲望相对的世外桃源，从而，赋予她一种救赎功能，救赎在现代生活中迷失了的灵魂。很多次，当我在西藏，或者在云南、贵州，面对少数民族的异样的风貌，并没有兴趣观看那些奇异的风俗习惯，我想要寻找的是他们内心的声音。我经常在猜想，一个藏族人，或者一个摩梭人，如何看待那些正在观视他们的那些来自遥远城市的观光客？

在路上看别人过年

从前的人爱说：小孩盼过年，大人怕过年。为什么呢？因为过年是一个细致的过程，对于孩子而言，是趣味，而对于大人而言，是精力与金钱。辛酸与欢乐混合成年关的空气。在年三十之前的一个多月，我们已经在说着“过年了，过年了”。家家开始备办各种各样的年货，然后做年糕、杀猪。在准备中一点一点地期盼着、热闹着。除夕只不过是高潮。年二十九要大扫除，送走旧的，迎来新的。孩子们吵着要穿新衣服，但大人们坚持必得在年初一的早晨才能穿上。除夕是团聚的时刻，中国人无论如何要在这一刻之前赶回家，如果不幸滞留在外，就会觉得是天大的悲哀。从前的诗人作了不少这样的哭哭啼啼的诗。现在除夕前的火车站人山人海，说明我们仍然重视这一天。除夕开始前，一家之长领着大家拜祭祖先。然后，大家围着吃一年中最好的晚餐。大人们变得格外宽容，挂在嘴边的话是：过年嘛。因为是过年，大人小孩的放纵一下都在情理之中。除夕的守岁温暖而漫长。窗外雪花飘飞，屋内炉火闪耀。一家人围

坐在一起等待新年的来临。很幸运地，我的童年时代电视还不普及，吃过年饭后不会满城或满村只是春节联欢晚会。我们记忆里多了几个珍贵的除夕之夜。年初一一大早起来吃圆子，然后挨家挨户去拜年。年初二开始一直到正月十五，每天去走亲戚。然后，元宵节的灯笼高高挂起，意味着快乐不再，又要为谁辛苦为谁忙。而孩子们又要背着书包上学堂。

像我这个年龄的人也许是最后一代真正经历过过年的中国人。过年这个中国最古老的节日其实早就从我们的日常里消失了，因为它最原初的庆祝丰收的功能在现代社会里没有什么意义。在今天，它不再是日常生活的有机部分，而变成了一种仪式，一种带表演性质的仪式。对于大多数人而言，它不过是一次假期。过年只不过家里人聚在一起吃一顿饭，至于过年的过程里那些繁杂的礼俗，几乎荡然无存。人们如果想体验过年的氛围，似乎必得参加旅行团去至今还十分封闭的乡村看别人过年，或者到一些旅游景点观赏过年的庆典。但有趣的是，那闭塞的乡村一旦被旅行社选作游览点，村民们发现他们平常的行为只要被人观看就可以赚钱，那种所谓的习俗其实也已经从现实里抽离出来，成为一种表演。中国各地的过年其实大同小异，但各地为了吸引游客，就要挖掘各地的特色，因为游客要看的是“不一样”。于是，各地的一些风俗都被夸饰到极点，成为商标式的东西。这是有趣的现象，人们一方面享受一体化、程式化的方便，另一方面又想不费力气就体验到差异与个性，就像人们总是通过时装来表现个性一样。

除夕又将来临，能够做些什么呢？什么都可以做——如果你有钱，但实际上我们什么也没有做。就这样一年一年地过去。

充满水雾的早晨，在渡轮上

她坐在了他的旁边。这是在早晨，在弥漫着水雾的湖上。此地许多年后成了一个著名的风景区，有了新的名字：千岛湖。许多年后，他已经成了中年人，在黄昏茫无目的的漫步里，他会记忆起他的第一次旅行，那个充满水雾的早晨。在渡轮上，一不留神，他的旁边已经坐着了一位女孩子。许多年后，一群游客，在此地，在一艘游轮上，死于一场劫难。其实，在水的下面，静静地沉没着一些事物，有形的或无形的。多少年前的旧事呢？他一开口，就落了俗套：“你家在哪儿？”“在水的下面。”她的回答。所有的细节都飘散了，只有这一问一答，以及那张洋溢着水雾的妩媚的脸形，还像一道刻痕，在时间的风雨里越来越深。在水的下面？！那张妩媚的脸露出一丝诡异，一个浮出水面的女孩子？什么也没有发生，一个男孩子与一个女孩子在某个早晨正好坐在一起。船一到岸，他们就分开了。

会不会重逢呢？有时候，你会在最想不到的地方遇到最想不到的人，你以为你已经忘掉了某个人，但是，他（她）突然出现在你的面前，而往往在你还没有反应过来的时候，他（她）已经走远了。怅然地，你独自站在那里发愣。那个中年男人，多年以后又到了渡口，又在晨雾里上了渡船。当然，他不会遇到那个浮出水面的女孩子。那里现在是有名的风景区，船里坐满了来自各地的游客。有一个小伙子坐在他的旁边，不停地向他讲着此地的一件情杀案，还有几件抢劫案。空气里开始飘浮某种恐怖的气息。长长的巷子，在南京，夜晚，一个不期而遇的女孩子，坐在他的自行车后座。沉寂的夜色，呼吸的声音，体温的流溢，在寒风里。只有两三句不经意的对白，什么也没有留下，只是一个开始。看着那个女孩子渐渐消失在梧桐的阴影里。或者，还是会有重逢。在君士坦丁堡，或者在巴黎，在圣保罗，在某地，在某个街口，在某个地铁站出口，在某个商店的门口……就如此地再次相遇。情节掀起小小的高潮。此刻，某个湮没了的可能性，再次伸展在一条已经长满杂草的小径。我一直为此伤透脑筋，那时我沉溺于小说的编撰，每当在他们再次相遇的时候，我总是被绝望缠绕，不知道如何让他们继续下去。事实上，无论我怎么幻想和编织，他们无一例外地会继续下去。他跟着她去了她的住所，在灯光下他看着她的脸，现在没有了水雾里的那种妩媚，有点沧桑了，诡异呢，还有那么一点点。就让一个老套的偷情故事，在腐朽的都市再灿烂一次。然后，他又回到渡口，有人告诉他，那个女孩早在八九年前死了，不为什么地死了，就在他们邂逅后的一年，或者两年，总之，她的身体早已从此地消失。然后，他回到都市，警察在等着他，说那个女子在房间里死了，最后一个在她房间里待过的人就是他。

当然，他不会在警察局遇到什么人，不会在那里待上很久。他在某个飞机场的咖啡厅与某个微笑的女侍者，说起某些往事。然后他说他要在一个月后再来此地，毫无疑问，他说的是要带女侍者去马达加斯加。风一吹，海滩上的某些痕迹隐隐显现。只有你我能够读懂。在深夜的海边，是鼓浪屿或者夏威夷的某处，有喃喃细语在海的涛声里连绵不绝。那个女人在码头上，或者在悬崖边，每天向着远处张望，等着一个萍水相逢的人。已经是别人的故事了。如何回到我自己的故事呢？在电脑上不停地敲击着的，是一些破碎的影子吧。你在桥下，惑于水中妩媚的倒影，抬头，桥上的人呢，远了，那背影正在融入竹林。

一转身，就走了

这是在路上，不断地相遇，不断地离别。走得太远了，太频繁了，离开的时候，想感伤也感伤不起来，真让人沮丧。徐志摩《沙扬娜拉》：“最是那一低头的温柔，/ 像一朵水莲花不胜凉风的娇羞，/ 道一声珍重，道一声珍重，/ 那一声珍重里有蜜甜的忧愁——/ 沙扬娜拉！”与风尘里的红颜，像戏里的情侣那样恋爱着。至于古人，“行行重行行，与君生别离。相去万余里，各在天一涯”。不是在戏里了，而是在生活着，大绝望，大悲凉。其实，无论技术如何发达，无论交往如何频繁，使得离别不再像从前那样煞有介事，但它仍是存在着的一件大事，就像乞丐、战争、洪水、干旱等等，意味着存在中有着无法克服的缺憾。并非它已经不是问题，而是我们听任心灵麻木，不愿意触及，就如同我们对于苦难一样，不是说没有了苦难，阿富汗、巴勒斯坦、索马里等等，遍布着一些让我们沉重的名字，无所谓后现代性或什么现代性，只是简单的：如何活下去？人的尊严及生存的意义何在？即使在我们的居住之地，哪里没有悲惨的挣扎呢？刚刚看完一部电影《坎大哈》，质朴，没有任何花哨，然而，直逼灵魂。这是在沙漠上，在向着坎大哈的路上，为着一次艰难的重逢。你能想象离别的分量吗？刹那的离别，永远天各一方。在一个越来越轻的世界里，有些东西仍然很重，甚至越来越重，例如离别。所以，在关于相遇的话题里，我必须提及离别，用最少的文字，然后——

一转身，你就走了。

游弋的城市

城市

穿行

> 开电车的人开电车。在大太阳底下，电车轨道像两条光莹莹的，水里钻出来的曲蟮，抽长了，又缩短了；抽长了，又缩短了，就这么样往前移——柔滑的，老长老长的曲蟮，没有完，没有完……开电车的人眼睛盯住了这两条蠕蠕的车轨，然而他不发疯。
>
> ——张爱玲《封锁》

你又到了一个城市，在车站 / 飞机场坐上汽车、公交车或出租车。你开始进入城市了。想一想，以前我们怎样进入一个乡村？从村口延展开一些小小的岔路，通向果园或谁家的院子，每一条路都曲折，而且模糊，我们要摸索着前行。在城市，所有的道路笔直，即使弯曲，方向依然明确，一切都是清晰的。从此到彼，已经规定好了，你只要按指示行走就可以了，事实上，你也只能按指示行走，否则，你无法通行，甚至你还会付出重大的代价。红绿灯是城市道路上最重要的意象。红灯停、

绿灯走，这个规则已经深入城市人的血液。人们在道路的交接处停下来，听候红绿灯的指示，这个场景如果出现在乡下，也许显得滑稽。红绿灯并非久远的事物，最早的尝试在 1868 年，在伦敦，人们开始琢磨一种交通信号灯，试验的结果是炸死了一个警察。然后，到了 1914 年，第一批红绿灯出现在美国克利夫兰市，只有红色与绿色。1920 年，又增加了黄色。在今天的城市，红绿灯遍布大街小巷，似乎所有的行走都在它的操控之下。所以，城市并不像许多人想象的，是自由的天地，而是充满了束缚的公共体系，你要进入其中，首先得遵守规则，按指定的轨道行事。1845 年，香港颁布了一项警章，被禁止的事项有 17 项之多，例如，不准在路上、公共场所或河上、井内投放垃圾，不准在路上摆摊，不准不按路线行走，等等。发展到今天，我们身处在城市，在仿佛自由的空气里，其实有无数条“不准”在管制着我们。不过，大家已经习惯了。

因此，在现代城市中，就像凯文 · 林奇所说，“很少有人完全迷路”。我们走在城市里，走在编制好了的道路上，右行，左行，左拐，右转，一切都在秩序中。你进入了城市，在城市里穿行，而且，许多时候，你只能在车上，穿行，在街道上，透过玻璃窗，看两边的景致。与城市的道路相对应，城市的生活非常程式化，人们在时间表里讨生活。每天在固定的时间起床、出门，乘坐固定的班车，到固定的大厦、房间、座位，做固定的工作。在相同的街道上来来回回，每天如此。你进入了城市，无数的陌生人进入了城市，过路，或者停留，但不会激起半点波澜，城市一如既往地运转，就像昨天，也像明天。你坐在车上，或者走在街上，在穿行中，想捕捉城市的秘密。眼前是流动不已的场景，与其他的城市没有什么异样。然而，每座城市有它自己的秘密，就像每个村庄有它自己的秘密一样。于是，游荡成为一种必须。穿行引导我们感受城市的普遍的法则，而游荡指引我们抵达城市的秘密区域。

游荡

> 午后的街头是被闲静侵透了的，只有秋阳的金色的鳞光在那树影横斜的铺道上跳跃着。
>
> ——刘呐鸥《热情之骨》

在程式之外，城市有它自己的自由，在乡村所难以获得的自由，比如，游荡的自由。如果你在一个村庄游荡，马上就会引来注意，许多种眼神会粘在你的身上。但在城市，无论你是本地人，还是外地人，无论你在何时何地，你的游荡都不会引起别人的注意，更不会有人来干涉你。因而，在城市里，栖居着被本雅明称为“游手好闲者”这么一个族群。在此，我挪用“游荡”一词，所意指的是进入城市的一种方式。如何进入城市？这是一个问题，城市的真正中心在哪里？到了天安门、长安街，到了外滩、淮海路，到了西湖，是否就已经进入了北京、上海、杭州？也许，应当区分城市的两个层面：标志物与日常生活。相关的两个层面是：游人与定居者。严格地说，城市里没有定居者，至少，没有土著，所有的人都是游人，或者说，是游人的后裔。所以说，城市本身具有游弋不定的色彩。你一眼望去，往往很难区分定居者与游人。在街道上，都是陌生人，聚集在东南西北的街道，来或者去，谁也不会为谁停留。然而，游人与定居者的分界并非虚无，正是此种分界，构成了城市曲折的韵味。与游人对应的物象是标志物，与定居者对应的状态是日常生活。标志物从日常生活中游离而出，成为一个记号，为着游人，尤其是游客的观光而存在。我们到一个城市，必得驱车去观看一个或几个标志物，以为看过以后，就算到过。而事实上，游人与标志物只是飘浮的街景，它们只是一个城市的轮廓，虚幻的影像，城市里某些凝固的气味，必须从定居者的生活之处去寻找。

而这，恰恰是游荡的乐趣。即使是定居者，如果只是每天在你的城市里穿行，你永远不会发现你所居住的城市到底是怎样的一种底色。从主干道上岔开去，沿着一条街道慢慢向前走去。就像乡村的后面，有后花园之类的秘密场所；在城市的脸面后面，也到处流荡着另一种气息。在繁华大街的两边，是网状的支线，把城市的日常生活编织起来。有意思的是，许多人不会往旁边岔开去，他们只是在主干道上来来往往。我自己在一个小区住了近十年后，某一天，偶然游荡开去，才发现就在我们的旁边，曲里拐弯地隐蔽着一个村庄。在高楼大厦的包围下，人们仍然过着乡村式的生活。这是游荡才能发现的秘密：在城市，有时候几乎是一街之隔，就是另一个天地，也就是说，在同一个城市，人们其实生活在不同的时间与空间。

当你从城市的这一头游荡到那一头，不仅仅是空间的置换，同时也是时间的置换。在纽约、巴黎，或者在上海、广州、北京、香港，当你从商业中心的华丽，遁入那些后面的街区，你会发现不同价值观念、生活方式、社会地位的人群，各自生活在不同的区域，那些街道，无形中像边界，模糊而又清晰地把人群区分开来，各自相安无事，在同一个城市。

迷乱

红的街，绿的街，蓝的街，紫的街……强烈的色调化装着的都市啊！霓虹灯跳跃着——五色的光潮，变化着的光潮，没有色的光潮——泛滥着光潮的天空，天空中有了酒，有了灯，有了高跟儿鞋，也有了钟 ……

——穆时英《夜总会里的五个人》

城市有它清晰的一面，也有它十分模糊——确切地说是迷乱的一面。在城市，我们也许不会迷路，但是，我们很容易就会迷失。一个从乡村或小镇第一次进入大城市的人，会感到晕眩，甚至会像《子夜》里的吴老太爷那样一到上海就死掉。虽然城市的道路整齐划一，而且到处是指示牌，但是，道路上的景象总是川流不息。你站在街道的旁边，见到的只是一闪而过的面影。没有什么是静止的，什么都在流动之中。是一些无法把握的事物。比如，此刻，夜晚 9 点，你在香港的旺角，或者在东京的银座，你走在人行道上，无数的人在你的身边来与去，没有一张脸或某个表情会为你停留。都是些陌生人。如果在乡村，一切静止，一切熟悉我们，就如我们熟悉一切，就如我们遇到的每个人，都知道他是谁。但是，这是在城市，你看过去，对面走来的，身后走过的，擦肩而过的，都是陌生人，不知道他们是谁，他们也不知道你是谁。何况你是一个路人，即使居于这座城市，在你居住的街道上，你见到的仍是陌生的脸孔。一切都是不确定的，连你自己，都常常忘了自己是什么人。在什么都标示得清清楚楚的街道上，我们竟然常常失去了方向。

声音与色彩淹没了你，在城市。阿狄生三百多年前因为受不了伦敦的噪声，写文章冷嘲热讽了一番，那还只是消防员的敲锅声、阉猪的声音、叫卖声，如果他老先生活在现在，尤其是现在中国或其他发展中国家的城市，不知道是否能够忍受一天 24 小时从不间断的汽车的声音。我们听到的不是人的声音，而是机器的声音。机器的声音占据了城市的每个角落，你无路可逃。文字与图像，还有建筑物、展览商品的橱窗、行人的服饰等等，着上了缤纷的色彩，丛林般地，包围着你。如果说在乡村，资讯的匮乏是一个问题，那么，在城市，由斑斓的色彩所带来的资讯，过于丰盈，完全侵占了个人的感官。城市的问题是“五色令人目盲”的问题。色彩把我们引进一个没有尽头的欲望世界，以有限的生命去满足无限的欲望，这是城市的烦恼与迷乱。

城市的迷乱还体现在：无论你如何走，如何努力，你永远在边缘。城市的结构总是有一个市中心存在，然而，恰恰是市中心，给予了我们最深刻的边缘感。站在外滩或天安门的中心，你就到了上海或北京的中心吗？完全没有。恰恰是你站的姿态，意味着你离城市的中心还很远很远。那么，城市的中心在哪里呢？即使在一座城市里穿行、游荡一辈子，也不可能真正抵达。

标志物

标志物是观察者的外部观察参考点，有可能是在尺度上变化多端的简单物质元素。似乎存在一种趋势，越是熟悉城市的人越要依赖于标志物系统作为向导，在先前使用连续性的地方，人们开始欣赏独特性和特殊性。

——凯文·林奇《城市意象》

城市按某种程式制造而成，所以，千篇一律是它的特征。在商场、写字楼，或商业区，如果没有地名的标志，往往不知道身在何处。或者说，从一个城市到另一个城市，常常没有离开的感觉，似乎仍在原地。城市的生活大同小异。它的起源决定了它一体化的趋势。然而，每一个城市都在找寻它自己独一无二的东西，就是所谓的标志物。综合了历史、地理、地域文化、意识形态、商业策略等因素，标志物并非单纯的建筑物，而是一个象征，一个隐藏着一些秘密的文本。因而，许多城市遴选标志性的景物，实在是一件不可避免的事情。比如，很多城市都有“八景”。说到八景之类，想起一件往事。

1924年，雷峰塔倒掉了。有人叹息，鲁迅先生却“有点畅快”。他说“中国的许多人”“大抵患有一种‘十景病’，至少是‘八景病’”。据说此病从清朝开始蔓延。“中国如十景病尚存，则不但卢梭他们似的疯子决不产生，并且也决不产生一个悲剧作家或喜剧作家或讽刺诗人。所有的，只是喜剧底人物或非喜剧非悲剧底人物，在互相模造的十景中生存，一面各各带了十景病。”

这些话都在《再论雷峰塔的倒掉》里。另有一篇《论雷峰塔的倒掉》，因着雷峰塔这件事，发了不少议论。

在八景隆重登场的时刻，阅读鲁迅的文章，不是一件令人愉快的事情。或者说，鲁迅的话，煞了风景。不过，鲁迅或别的什么人，无论说什么，风景仍在，尤其什么十景、八景，在神州大地仍然遍地开花。倒不一定就是鲁迅所说的那种“国民性”病症在作怪。可能只是为了吸引游客的商业伎俩，或者只是为了显示政绩的门面功夫，而已。所谓十景或八景，无非是供游客观看的标本式的景物，与日常生活无关。

所以，八景评得是否恰当，实在不是一个什么大不了的问题，那是一些“雅人”或“信士”们的雅事。至于我，更关心为什么在广州穿越马路如此艰难。我家楼下的女子就是在过马路时遇到车祸而死，但那条马路依然如此，据说已经有五六个人死于此地，但依然如此。鲁迅式的沉重。我从广州日常中感受到了无数的因为变革引发的希望、喜悦，同时也如此真切地触摸着悲惨和暴戾。花城是一个遥远的记忆。1980 年代中期到广州，你还能在东山、沙面一带浸淫于这个南国城市独特的细腻韵味。然后，欲望飞扬。高架路、内环路凌空越过城市的心脏地带，华南快速干道从两所大学校园横穿而过。

像一个公路边的城市，找不到日常的感觉，到处是凌乱的流动、粗糙的形构。然后，事情在发生着变化。绿色在延伸，人们又可以在马路边漫步。虽然回首时，许多东西已经无法弥补，成为永远的伤口；但是，仍是一种惊喜——当有一天，经过东站时，突然发现广场上那一片宽广的绿化广场，以及那一帘飞瀑。

许多人对于东站前的绿化广场水景瀑布被纳入羊城八景，很不以为然。但是，于我而言，这个地方无论是羊城八景之一，还是在羊城八景之外，都是广州的一个标志物。作为一个文本，它隐藏着转型期广州以及其他中国城市的大部分秘密。在瀑布的后面，是广州东站，它好像从 90 年代初就开始兴建了，奇怪的是到 21 世纪尚未完全竣工，更奇怪的是它好像在 90 年代初就已经在使用了。天河城是全城最繁华的购物中心之一，天河体育中心一带是广州市中心，也经历了漫长的未完成时态，而建设的战线还在拉长。这些废墟般的楼盘不知要在闹市区荒废多少时日。再往旁边看，是林和村，里面基本上仍是农村式的小镇。广场的周围密密麻麻地矗立着写字楼、商业大楼、住宅，显示出这个城市在功能上的混杂性。

在这个瀑布前停留了 10 分钟，瀑布的声音里跃动着新的萌芽，而四周的空气里飘浮着转型期沉淀下来的千丝万缕。它像一首意象并置的现代诗，又像隐藏着巴尔扎克式叙事结构的当代中国小说。然而，我关心的仍然是每个行人可以在这个城市里安全地、便捷地穿行，而无须为了走到路的对面付出生命的代价，以及在黄昏里每个人可以沿着家门口的路，随意地漫步，在树木与水的氛围里。至于那些标志物，就让它们标志着吧。

路灯

现在又到了灯亮的时候
我喝了一口街上的朦胧

——卞之琳《记录》

关于城市里的路灯，本雅明有这样一段论述：“在小说中，爱伦·坡让孤独变得模糊隐晦。他在汽灯的光照下流连于城市。游手好闲者的幻觉集中在以室内形象出现的街道。在露天使用汽灯始于波德莱尔的童年时期，分枝形汽灯被安装在旺多姆广场。到拿破仑三世的时候，巴黎的汽灯迅速增加，这使城市增加了安全感，人们即

便夜间在空阔的大街上行走也感到轻松自在。而且汽灯比高楼大厦更有效地掩蔽了星空。”至于路灯在中国出现的年代，我一直找不到确切的材料，不过，可以认定，19世纪中叶左右已经出现在香港，因为一份档案显示，港英政府在1845年的一项条例里，规定不准行人熄灭路灯。耐人寻味的是，在20世纪的大部分时间里，路灯在中国人的生活里，或者说，在审美生活里，并不占有十分重要的地位。新文学的开山之作《狂人日记》一开头就有“今天晚上，很好的月光”，到40年代张爱玲的《金锁记》一开头还是月亮，连徐讦《鬼恋》这样似乎很现代的小说，主人公走在上海的街道上，踏着的也还是月色。穆时英的许多小说充溢着城市的灯光，他把街景说成是“溶在灯光里的街景”，但是，单独的关于路灯的意象仍然不常见，他真正爱好的还是月亮与星星。

当然，我的兴趣不在于追溯路灯的历史，或路灯的文学书写史，我真正感兴趣的只是本雅明最后的那句“更有效地掩蔽了星空”。在古典时代，人们踏着月色而归，而现在，由于电力的发明，路灯照耀我们的回家路。这是城市的秘密：以人工制品取代一切自然的事物。水泥、钢筋封住了泥土，大地渐渐地在我们的生活中消失，路灯以及其他的灯光湮没了月亮与星星，天空渐渐退去。发展到今天，城市里充斥着波德里亚所说的拟像，现实世界似乎已经退场。我们生活在一个超度现实的场域。灯光的四处流溢，颠倒了时间的秩序，消除了日与夜的界限。夜晚不再是夜晚了，白天也不再是白天了。因为路灯以及其他灯光的存在，一个只属于城市的另类空间诞生了。这就是我们所说的夜生活，是一座城市最重要的魅力之一。由声音、色彩、形状、灯光，以及各种气味，构建了一个与白天完全不同的世界，充满着隐秘的暴力、纵欲，以及包裹在情调之下的粗俗欲望。酒吧、迪厅、咖啡馆、夜总会、茶艺馆等等。城市的夜色给居住者制造在路上的感觉，给每个过路者制造在家的幻影。堕入城市的夜色，所有的五官都模糊成一些阴影。

然而，不管怎样，在暴戾而喧嚣的城市，路灯属于温柔而安静的事物。早先，它是淡黄色的，一盏一盏，相隔远远的，在城市的夜晚，守望着一个或两个夜归人，还有许多人的梦境。那气氛适合浪漫主义风格的作品，有点忧郁，有点落寞，安排男女主人公在路灯下告别，或者，其中的一方在路灯下徘徊，如果是在冬季，飘着点雪花，那就更加回肠荡气。现在的路灯一盏接着一盏，全是刷白的颜色，有时甚至刺眼，而夜行的车往往一闪而过，大概不会再让你感到忧郁与落寞了，至于温柔与安静，似乎还萦绕着，余韵般地。在深夜，路灯把街道照得一片银白。相聚时的热闹与散场后的萧条，都变得清清楚楚。

我们家以前的房子就在街边，那是50年前了，一盏路灯歪歪斜斜地耸立着，是木头的柱子，我从窗外看去，透过梧桐树叶，常常把它当作了月亮。在夏天，灯光的周围聚拢着一群小小的蚊子，不停地盘旋，在冬天，灯光的周围似乎飘浮着一层暖暖的气流。有一年在一个城市旅行，因为失眠，夜半走到一个居民区附近的街道，沿着路灯的光，向一个方向走去，直到最后一个窗口的那盏灯熄了。路灯还亮着。当路灯暗下去，天就亮了。

商场

> 堆积、丰盛显然是给人印象最深的描写特征。大商店里琳琅满目的罐头、服装、食品和烹饪材料，可视为丰盛的基本风景和几何区。
>
> ——波德里亚《消费社会》

我们要去的不是商店，而是商场。商店只是一个购物的所在，我们需要购物才去那儿。商场却不仅仅是一个购物的场所，而是一个可以游玩的场所，一个波德里亚所说的巨大的蒙太奇工厂。它的前身是百货商店，现在它以这样一些名目出现在世界各地的城市：超市、购物中心、某某大厦、某某广场等等。它与那些夜店、大饭店一样，是出走者或旅人在城市里的目的地之一。一个人去夜店，如果说是为了释放某些被禁锢的欲望，或者只是为了满足观看的欲望，那么，一个人去商场闲逛，又是出于什么目的呢？当然，我们很多时候真是为了购物，但我们也有很多时候确实不是为了购物去商场的——有时是作为游览的项目，有时是作为消遣，有时甚至是约会，诸如此类。总之，商场成为路上的一种状态，演绎着出走的另一种姿势。这确是城市的魅力：随时随地可以出走。在乡村，一个情绪苦闷的人假如在村中晃荡，或者在果园里徘徊，那么，很快就成为一个事件。但在城市，你一跨出自己的家门，你就上路了，没有人认识你，更不会关注你，你只是一个路人。

商场似乎具有某种乐园式的功效，一个由商品构筑起来的自我封闭的世界。大饭店与夜店也是封闭的自我世界，但你一进入那里，就得停留下来，由行人转换成栖居者——虽然是暂时的。商场正是在这一点上显示自己的特色，你一进入，就进入了一次散漫的行程。商场把所有的人变成一个旅人，一个在商品的丛林里探寻、发掘、张望的旅人。确实，所有的大型商场，都营造了一种原始丛林的幻象：丰饶、无穷无尽。一个现代人在大型商场里穿梭，难道不就像一个原始人在丛林里跳跃着四处寻觅吗？只不过商场里的一切，都经过精心分类，我们只是在各种指示里穿梭。第一层，一个大型的超市，从入口处进去，推着购物车，沿着商品的排列徐徐向前，水果、蔬菜、日用品、罐头、速食品、饼干、糖果、保健品……在超市的外面，一家快餐店，一家西餐厅，而在所有的空地，都摆满了各种大众化的商品：从儿童玩具到体育用品。第二层、第三层，一家大型的百货商店，从男女服装到电器家具，有序而曲折地分布在上下两层。在它的外面，第二层是一家接一家的专卖店，从时装到零食、书籍、化妆品、药品等等。第三层，美食城，来自全国乃至世界各地的饮食汇聚一堂。第四层……

各种气味混合在一起，各种形色集合在一起，各种商标像积木一样挤在一起。你的眼睛不停地搜寻，手不停地触摸，但最后你选中的，只是一件或几件商品。购物已经变得不重要了，如果仅仅为了购物，一家小小的杂货铺就已足够。就如波德里亚所说，大型商场烘托了一个节日形象。像一个巨大的盛会，一个巨大的游园会。因而，我们不难理解为什么许多人把商场作为一个减压的场所。许多所谓的“购物癖”，其实，所获得的快慰，并不完全来自购物，而是在购物过程中的游荡。在商场里游荡，一方面，我们得到节庆的愉悦；另一方面，有点像中国古人说的：坐一室即是九州，得到的是一种在室内行走的愉悦。似乎永远享用不完的商品，链接着一个接一个的界域。

柜台的拆除至为关键。柜台设置了一道屏障，你必须付钱才能得到你想要的商品。而在商场，人可以直接在其间游弋，观看，抚摩，就好像它们已经属于你了一样。一个身无分文的人，在商场也不会感到自己贫穷，商品不会因为他贫穷而不向他搔手弄姿。只是，当他走出商场，绕开小乞丐们固执的手，在灿烂的阳光下去赶公共汽车，他才会明白，刚才只不过完成了一次完美的梦游。

田园的怀想

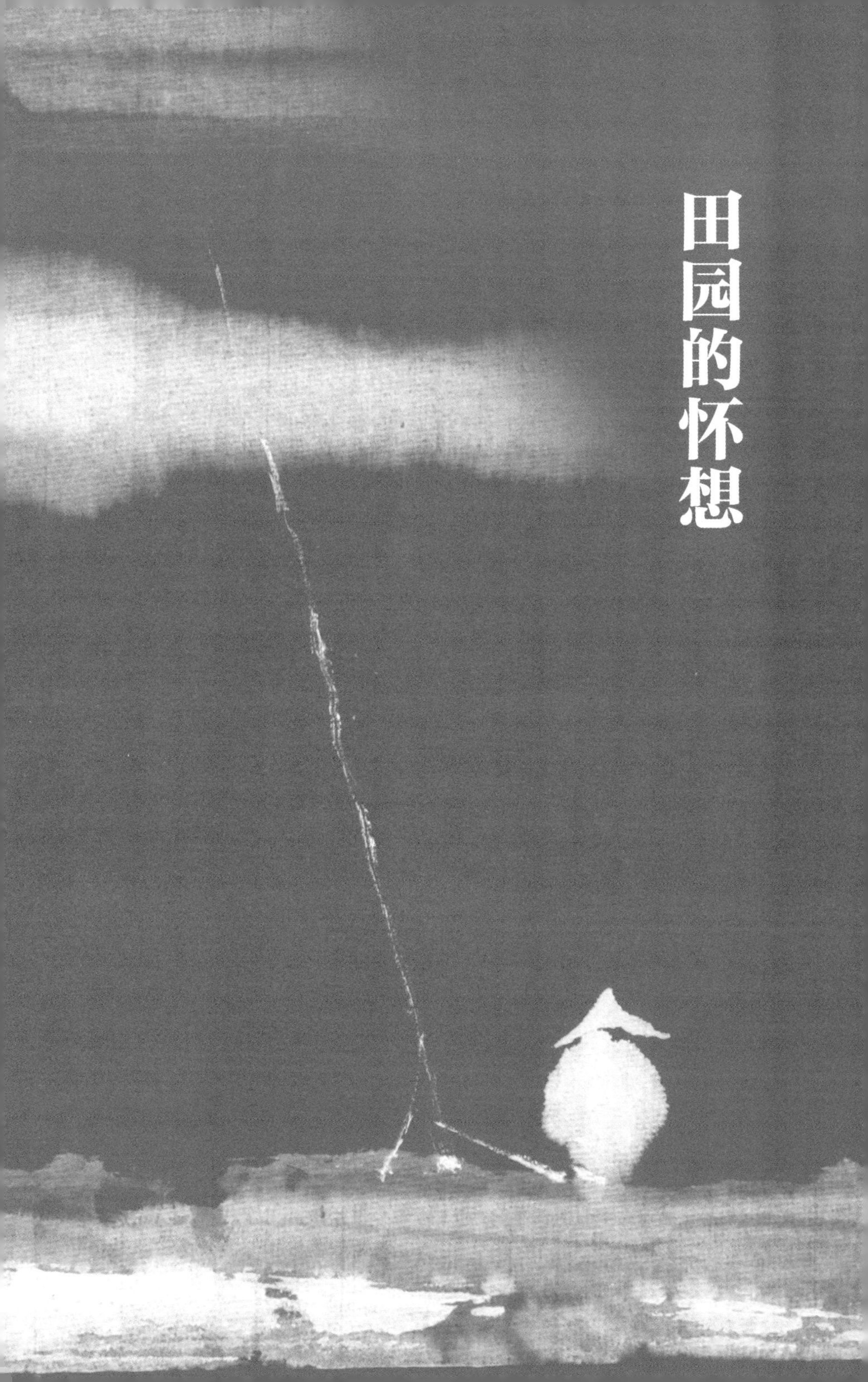

田园

池塘

在村前流动不息的是河，而在村后，则是静静的塘。河通向很远很远的远方，而塘并没有出口，它自成一体，只属于此地。河面上总有舟船驶过，那些偶尔经过的行者总会留下点滴信息，成为村人们一段时光的谈资。而塘面上几乎不会出现船只，即使有船，也一定是那种小小的菱舟或莲舟，舟中的人大约总是本村的，不是村东的阿香，就是村西的小梅。

塘就好像江南乡村的后花园，那气氛有点神秘，却引人入胜。我记忆中的塘总带点午后的慵倦，而且布满阴翳。因为塘的四周，往往是桑林、竹林、菜园……如果你不留意村后的塘边，有些秘密也许就会飘入你的眼帘：吱呀的一声门响，谁家后院闪出一位蓝布衫的少女，蹑足走进茂盛的桑树林……这样的情景仿佛就是一千多年前的贺铸所见到的，这位来自中原的诗人无意间在塘边邂逅一位女子，未及细看，已飘然而过，但她的身影却在他心间久久挥之不去，化作一首不朽的词：“凌波不过横塘路，但目送、芳尘去。锦瑟华年谁与度？月桥花院，琐窗朱户，只有春知处。飞云冉冉蘅皋暮，彩笔新题断肠句。试问闲情都几许？一川烟草，满城风絮，梅子黄时雨。”

贺铸的横塘在苏州城外。横塘并不是村后常见的那种一方水塘，而是一个经贯南北的大塘。在她的水之湄，是一个小镇。我一直没有去过那里，今后也不打算去。因为我想让横塘在我内心保持一种不变的风姿，永远是江南水塘的代名词，永远代表着一切刹那间瞥见的隐约的美。如果你想去江南，去看看那里的横塘，不一定要去苏州，不一定真的要去那个横塘镇。我担心旅游景点的人工气息会败坏你所有的美丽想象。也许，你可以在南京至杭州铁路线上的任何一个小站下车，比如就在硖石。下了车，你最好找到轮船码头，再从航班时刻表上随便找一个你从未听说过的地名，比如石门或王江泾之类，然后买一张船票，开始一次回归田园的慢悠悠的旅行。

现在你能够真正明白江南为何有水乡之称。如果你站在船头，会发现你已经完全进入了水的世界，或宽或窄的河道如同绸带飘舞，而星罗棋布的水塘，像一面面镜子，与蓝天相映成趣。在到达目的地之前，随意选择一个码头上岸——我说的是真正的江南乡村式的码头，

一块高高的平台，石板砌成的石阶，四周一片空阔，偶尔有一两个人在等候着轮船。你下了船，走上台阶，站在大路上，举目四望，远远近近的，村落，黑砖青瓦，桑林，水塘，稻田……

沿着大路走一段，然后，拐进旁边的小路。你可能会穿过一片桑树林，林间或许有一两个村姑正在采摘桑叶，她们会以好奇的眼神打量你，而且互相耳语着，发出低低的笑声。出了桑树林，你会看到一汪荷塘，这样的荷塘曾让朱自清在北京的夜色里怀想不已。眼前的荷塘多半不会有盛装的采莲女子，更不会有柳永描绘的“羌管弄晴，菱歌泛夜，嬉嬉钓叟莲娃”，这里大概只有寂静。如果是在春天，含苞欲放的莲花在阳光下青翠欲滴；如果是冬天，残荷漂浮在塘面上，荡漾着华宴过后的落寞。当然，总会有一些蜻蜓或蝴蝶在塘面上徘徊，还会有牧童在塘边放牛或放羊。只不过这些声音更添寂静的气氛罢了。

菱塘是很久不曾见到了。废名有一篇《菱荡》，有他记忆中的古中国田园风味，也有他故乡黄梅的气息。而我记忆里的江南菱塘，似乎更具妩媚与清丽。如果你有幸走到了菱塘边，你将发现，与幽闲的荷塘相比，菱塘仿佛漫溢着绚烂与青春。在夏天，那是孩子们喜爱的所在，他们在菱花与水草间嬉戏，赤条条的欢快像清澈的风，吹走了炎热。而你，一个来自都市的旅人，面对水花飞溅中无邪的脸，将会忘掉所有的牵挂。至于采菱人的风姿，我已忘了应当是在春天还是在秋天才能目睹。

荷塘与菱塘也许是带点古风的稀有事物，但鱼塘在现在的乡间则随处可见。从前也有鱼塘，不过，那时的鱼塘其实是杂草一样在野外无人管理的水塘，那些鱼不是人工饲养，而是自然的赐予。杂草一样人迹罕至的水塘，总是隐匿在远离村落的田地间、果树林间，或在荒芜的旷野，水面上寂寞地漂着许多不知名的水草，还有各种小动物的鸣叫。有时，一些人工用品，例如一把缺了口的锈蚀了的镰刀，一只破旧的鞋子，散落在塘边，暗示着一些永远无法考证的往事。

从码头到村庄，你大部分时间沿着塘边的小路行走。塘边多的是青草与野花，谢灵运“池塘生春草”的春草，想来总是长在塘边的。我们见惯了城市里的草坪，整整齐齐的，点缀在街边。塘边的花花草草杂乱无章，却蓬勃着一股活力，不同的草有不同的绿，不同的花有不同的红或黄，一个色彩的世界；同时也是一个声音的世界，当然不是汽车声，也不是叫卖声，而是青蛙、蝈蝈、蚂蚱等许许多多小生命此起彼伏的应和。你很容易遇到松尾芭蕉所说的“古池/一蛙跳入/水的音”。

塘边也是多故事的地方。乡村里的男女“人约黄昏后”的去处往往是村后的塘边，而一些自寻绝路的痴男怨女除了上吊，池塘似乎是他们喜爱的归宿。每个村庄都有水塘边的鬼故事，尤其是女鬼的故事。说到女子，又想到贺铸的那个横塘，那个让贺铸魂牵梦绕的女子。也许，横塘仍是值得“到此一游”的，至少，在暮色里的横塘边遐想一番，也是一件令人愉悦的事。最好，你赶在雨季尚未结束去那儿，雨中的池塘另有一种迷惘的风情，就像误入尘世的绝色红颜，让你找不到一种恰当的表情去面对。

四季

“城里不知季节变换”，一句很老的歌词。对于今天的城市人而言，归田园的含义是，回到四季的流转里，不再受钟表的控制。时间在季节里变得从容不迫，变得可以坐在河边打瞌睡，在竹林里喝茶，诸如此类。那么，让我们从春天开始吧。如果是在路上，有一辆开往春天的地铁，我愿意它开往油菜地。有什么地方比油菜地更

春天呢？蜜蜂，花的香味，鲜艳的黄色、绿色，还有附近的红色，这就是春天了。一个过路人正好经过那里，正好是在那个陈腔滥调的午后，菜地的旁边正好是一所监狱，正好，一个罪犯越狱逃跑，正穿过那些茂盛的油菜花，向着北面走去。过路人从北面而来，他受了油菜花的诱惑，坐在那里，点燃一根烟，想着要在春天的慵倦里悠游一下。那个罪犯从他身边走过，他们对视了几秒钟。远处公路上一辆卡车抛了锚，司机嘀嘀咕咕地望着车轮。这只不过春天的一个场景，剧情往往要等到夏天才有眉目。

夏天的旅游广告大都是海水或深山的形象，而事实上，在老榕树下发呆的夏天，或者躺在梨树下，和老牛一起犯困的夏天，也是很夏天的。但是，一个旅人，要走多少路才能找到一棵榕树或一头老牛？在南方的一个村庄，在一棵榕树下，有人在那里摆了摊，修自行车。一个过路人经过，坐在这里，是在午后，当然会有阳光，他们不着边际地闲聊，对视了几秒钟，两人都在嘀咕：好像在去年的春天见过。只是好像罢了。过路人继续走，而那个人，在榕树下修自行车。远处的水库里，一对男女在裸泳。在夏天，人们容易肉帛相见，这是在乡村。如果那个人一直走下去，另一个人一直在榕树下守候着什么，那么，即使秋天来了，也不会有什么事情发生。无非是几片落叶罢了。无非那个裸泳的女人怀上了而已。

如果是我，在秋天上路，我会回到城市，在梧桐树下阅读城市里季节的声音。那个过路的人不会回到城市，他就在田园里一直走下去。他会在秋天的夕阳里，从一个院墙外走过，墙头的草黄了，枯了。墙内的秋千上没有人影。你能看到的，门并没有关上。一个人在夜色里从异乡归来，悄悄地进了房间。谁也不知道他是什么时候回来的。然后，雪就下了。一定要去东北看冰灯吗？一定要去韩国看雪景吗？冬天是在雪花的飘舞里吗？

冬天的麦地是绿色的，似乎就是春天的那一片油菜地。监狱里的铁丝网掩埋在雪的白色里，那道高墙变得纯白而且柔和。那个过路的人在想，就在麦地里，等候着春天的来临。他点燃了一根烟，微弱的火光，把世界照耀得温暖。

野菜

说到江南的野菜，当然是荠菜、马兰头。荠菜长在野地的草丛间，要细心拨开别的草，轻轻将它剪下，所以乡下人叫作“挑荠菜”。而马兰头往往一小片一小片地长在临水的路边，不需要精心挑选出来，直接剪就是了，所以叫“剪马兰头”。挑荠菜也罢，剪马兰头也罢，用的都是剪刀，而人呢，似乎都是老妇或少女。春天的江南，在野地，或在临水的路边，经常可以见到挎着苗篮的老妇、少女，她们不做别的，只是在挑荠菜、剪马兰头。

荠菜的形状有点像蒲公英，上端会长出一两朵花，在风中飘摇。马兰头像树叶，纯然的绿色。这两种野菜的味道都轻淡而清香。商店里有许多田园风的食品，虚构着一些关于田园的记忆。例如，速冻的荠菜饺子之类。那种荠菜经过长久的冰冻，已然是没有生命的纤维，吃的只是一个名词。马兰头似乎已经消失了。我很疑心现在江南的乡间，是否还有这样的野菜。

有一种野菜很久没有吃到了，如果不看周作人《故乡的野菜》，我都忘记了有这样一种野菜。《故乡的野菜》中说：“扫墓时候所常吃的还有一种野菜，俗称草紫，通称紫云英。农人在收获后，播种田内，用作肥料，是一种很被贱视的植物，但采取嫩茎瀹食，味颇鲜美，似豌豆苗。花紫红色，数十亩接连不断，一片锦绣，如铺着华美的地毯，非常好看，而且花朵状若蝴蝶，又如

鸡雏，尤为小孩所喜。”周作人所说的情形，在我的童年时代还可以见到。那连绵的草紫田，是孩子们的乐园，他们在上面追逐、打滚。从前那些草紫的气味，暗暗涌来，并非虚构。

文学中国

钱锺书先生在《谈艺录》中谈到，一些地名可以产生神奇的审美效果。其实，在文学与地理之间，一直存在着相互的激荡。是地理激发了文学的神思，还是文学的神思赋予了地理以生命？川端康成《我在美丽的日本》，是从道元禅师的一首和歌开始的：春花秋月杜鹃夏，冬雪皑皑寒意加。然后是明惠上人、良宽、清少纳言、一休等等。在文字的摇曳里，日本的山川、四季之美，徐徐展开。日本这样一个地理名词因为这些文字而凝成一个意象。如果我们沿着文学的踪迹，去游历中国的河山，那么，我们从中体验到的，一定比“美丽的日本”更加深邃，更加苍茫。

我的第一次出游就是受了文字的诱惑。张志和的“西塞山前白鹭飞”引得正在读小学的我和另一位同学去湖州城外寻找西塞山。许多年后才知道，西塞山在湖州附近的磁湖镇道士矶。但从那时开始，我对于那些在文字中已经不朽但在现世里几乎已经消失或者默默而朦胧地存在着的地方，充满了向往和找寻的热情。温庭筠的“肠断白蘋洲”是在什么地方呢？李白的“二水中分白鹭洲”又在何处呢？杜牧的“二十四桥明月夜”是在一座桥上呢，还是在二十四座桥上？至于南朝民歌中“忆梅下西洲”中那个“梅”与“西洲”对于我一直是一种魅惑。它们依稀就在湖州、南京、苏州、扬州一带，又仿佛已经完全不再。在存在与消失之间，旅行的人把玩到的是时间的若隐若现。沧海桑田，人不在了，似乎连物也面目全非。大概只有天空不会改变。

但江南是一块绚丽之地，古人层层叠叠的意象几乎覆盖了她的每一个空间。西湖、秦淮河、断桥、枫桥、横塘……在多少诗文画间流转。“江南忆，最忆是杭州”“欲把西湖比西子”“十年一觉扬州梦”“人人尽说江南好，游人只合江南老”“朱雀桥边野草花，乌衣巷口夕阳斜”，诸如此类的句子，人们吟诵了千百年。难怪余光中 60 年代在海峡的另一边涌起对中国的乡愁时，首先想到的是江南：“春天，遂想起 / 江南，唐诗里的江南……”在余光中的笔下，江南成了古典中国的化身。确实，在江南旅行，那里的点点滴滴，都在提示我们一段不变的繁华中国，我们正在返回之中。我还想不出有第二个区域，像江南那样，现代与古典如此和谐而精致地并存于日常之中。

然而，如果要寻找已经消失或者默默而朦胧地存在着的地方，似乎要去中原，那是一个曾经盛极一时的区域。在那里旅行，好像是在发掘一段段尘封的记忆。写了“游人只合江南老”的韦庄，其实恋恋不舍的还是洛阳，“洛阳城里春光好，洛阳才子他乡老”。洛阳、西安（从前叫长安）那一带，在南宋以前一直是中国最繁华的地带。《诗经》中很少有具体的地名，其中的“岐山”很引人注目，提示着一个非常遥远的王朝，让人们怀想起周文王、姜太公的伟大事业。岐山大约就在今天陕西的岐山县。唐诗中有许多陕西一带的地名，我喜欢长安、灞桥、渭城、终南山、商山、蓝田。长安就是现在的西安，现在的西安已经是西北，是边陲，但从前的长安，是西汉、唐代的首都，“长安水边多丽人”（杜甫）、“长安不见使人愁”（李白）、“长安大道连狭斜，青牛白马七香车”（卢照邻），那时候的长安，青山绿水，歌舞满街，商贾云集。李颀送一位年轻人去长安，还要叮嘱他“莫见长安行乐处，空令岁月易蹉跎”。

现在我们走进西安，以唐诗为地图，还能找到当年的北里、平康里，以及那使许多远行者与送别者黯然神伤的灞桥柳？在西安的西边，是否还有王维笔下的终南山？在西安的东边，是否还有李商隐的蓝田？更东边，是否还有温庭筠的商山？我们在商山还能重温“鸡声茅店月，人迹板桥霜”的氛围？

长安早已是昨日，但那里的神奇底蕴仍然令人遐想不已。一些边陲虽然没有人文的底蕴，却一样孕育出杰出的作家，例如沈从文。面对都市文明的喧嚣，沈从文把他所有的理想寄寓在了湘西这块土地。我们怀揣着沈从文的小说选和他的《湘行散记》，从广州坐火车到怀化下车，往西北不远，就是他的家乡凤凰，再往东、东北，辰溪、沅陵这些沈从文文字中的地名就会一个接一个地跳跃而出。现在的风景区张家界就在这些地名的环绕之中。我想不起来沈从文是否提到过张家界这个地名。但湘西一带进入文字并非从沈从文开始，屈原的《楚辞》里，已经充满了潇湘的风物。陶渊明的《桃花源记》赋予了桃源这个地名永恒的离尘脱俗的色彩，如同苏东坡赋予了赤壁苍凉而博大的情怀。我们与其说是受了桃源与赤壁的召唤，倒不如说是受了陶渊明与苏东坡文字的牵引，没有了他们的文字，我们从现在的桃源与赤壁又能看到什么呢?

我自己确乎受了萧红《呼兰河传》的牵引，去了东北读书。曾经随着萧红的文字，走遍呼兰、哈尔滨、长春一带。这位天才的东北女子最终在战乱里客死香港，浅水湾一度是她的安息之地。因为萧红，浅水湾激发了另一位天才诗人戴望舒的诗情，1944 年，战争仍在继续之时，戴望舒“走六小时寂寞的长途”到萧红的墓旁，留下了一首短诗《萧红墓畔口占》，臧棣称之为“珍品中的珍品”。因为这首诗，浅水湾成了香港最意味深长的地方。这时，张爱玲已经点燃了她的第一炉香与第二炉香，写的全是香港的人与事。但是，人们总是把张爱玲与上海联结在一起。张爱玲的上海，我喜欢的是封锁时的停顿，但现在上海没有电车，只有地铁。上海是怀旧之地，但更是憧憬之地，是欲望之城。我们从张爱玲、茅盾、穆时英、蒋光慈、钱锺书、杨绛、白先勇、王安忆、棉棉、卫慧等作家的字里行间，能够找到怎样的走进上海的道路呢?

跋

路上

从一个字的发音出发，在一个字的笔画里到达。一路上，我都在寻找那个字。毫无疑问，这是一本关于路上的书，我所要讨论的是路上的各种可能性，或者说，阅读路上各种场景的可能性。我担任的不是一个向导的角色，而只是一个写作者。并没有带你去任何具体的地方，但是，你已经去了任何地方。这也许是夸大之词，确切地说，只是我的企图。归根结底，我们所要追寻的，是写作的可能性。因而，每次的写作，都是尝试、体验某种可能性。这本书也不例外，只是比我自己以前的文字更加出格，试图把学术的趣味与散文、诗、小说的趣味结合起来，演变成一种无法归类的东西，什么都不是的东西。当然，在结束的时候，发现自己仍在俗套之中，很悲哀。只好如此俗下去了。

一旦开始第一个字，就一直在路上。大家都在路上，就这样走下去而已。